LERN SPANNENDE MENSCHEN KENNEN!

DIE HANDLUNG DIESES BUCHES IST KOMPLETT FIKTIV, DIE HANDELNDEN PERSONEN SIND FREI ERFUNDEN. ÄHNLICHKEITEN MIT LEBENDEN ODER TOTEN PERSONEN SIND NICHT GEWOLLT UND REIN ZUFÄLLIG.

ENTKOMM DEN SCHWABEN!

18 EINZIGARTIGE RÄTSEL, DIE DIR ALLES ABVERLANGEN

emons:

UFFPASSE!

Lieber Leser,

Das hier ist KEIN Bildband,
KEIN Reiseführer
(höchstens in die Tiefen der schwäbischen Seele)
und KEIN Kochbuch!

Das ist der WELTWEIT erste, einzige und schrägste Regio-Escape-Room-Thriller. Und er spielt in Schwaben, in einem kleinen Dorf namens Muggenpfuhl.

In diesem Buch wirst du zum Ermittler.
Es geht um Spätzle, Einstein, Modelleisenbahnen, Maultaschen, Dübel, Teddybären, den einzig wahren Mercedes, eine Entführung und ein mysteriöses Geheimnis.

18 Rätsel und 18 Fallen erwarten dich, von denen dich jede ein Stück weiterbringt.
Aber sei gewarnt!
Einmal angefangen, gibt es kein Zurück mehr!
Du musst die Seiten nämlich im Lauf deiner Lektüre auftrennen.
Oder wie ein Schwabe sagen würde:

»Noi, du kasch des Biachle net weiterverschenke!«

Jedes Kapitel hält ein Rätsel und mehrere Antwortmöglichkeiten für dich bereit.

Zu jeder richtigen Antwort gibt es einen Bildausschnitt. Den findest du auf einer der folgenden Doppelseiten. Liegst du falsch, findest du ... nichts. Deine Spur führt ins Leere.

Die Doppelseite mit dem Bildausschnitt musst du auftrennen, um dort weiterzulesen.

Wollen wir das mal ausprobieren?

WIR SCHWABEN KÖNNEN ALLES AUSSER ...

A SKIFAHREN

B GOLFEN

C HOCHDEUTSCH ✓

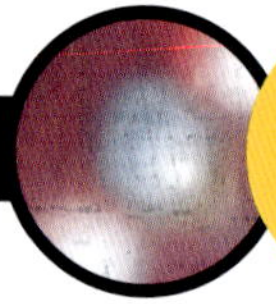

Jetzt musst du den Bildausschnitt finden, der zu Lösung »C« gehört, die Seite auftrennen, und das Abenteuer beginnt.

Am Ende des Buches befindet sich zudem eine Lösungshilfe.
Aber: Erscht mol selber denke - dann schpicke, gell?

Das Knopfproblem

Es war natürlich das Hochdeutsch. Als Max Hansen aus einem Alptraum erwachte, in dem es irgendwie um Schwaben gegangen war, lag er in einem Sarg.

Ruhig bleiben! Atmen! Max war Ingenieur. Für jedes Problem gab es eine Lösung. Er zwang sich, nachzudenken. Wie zum Teufel war er hier reingekommen?

Er tastete in seinen Taschen. Sein Handy war weg. Das Letzte, woran er sich erinnerte, war das Essen. Schwäbische Küche. Saure Kutteln mit Spätzle. Er hatte einen schweren Rotwein getrunken ... Trollinger irgendwas. An den salzig-seifigen Nachgeschmack erinnerte er sich noch genau. Vielleicht ein Betäubungsmittel?

Der merkwürdige Geschmack hatte zumindest den Chinesen nicht gestört. Er lernte gerade Deutsch, trug Turnschuhe und nervte alle mit seinen Glückskeks-Sprüchen. »Nur mit den Augen anderer kann man eigene Fehler sehen« und so weiter. Er arbeitete für einen Druckerhersteller und gehörte zu ... zu ihrer Gruppe. Einer Reisegruppe. Nein, keine richtige Reisegruppe. Max suchte in seinem umnebelten Kopf das richtige Wort. Mitarbeiterfortbildung. Ja, genau. Nach und nach fielen ihm weitere Details ein.
Da war ihre Reiseleiterin gewesen, Doris, mit dem üppigen Dekolleté und der Cateye-Brille mit Schildpatt-Rand, die immer viel zu laut gelacht hatte. Und der dicke Versicherungsvertreter mit dem Schnauzbart. Zusammen mit dem Chinesen hatte er mit glasigen Augen den schwäbischen Weinbestand vernichtet. Dick und Doof hatte Alex die beiden getauft. Alex war sein Chef, CEO bei NORDAC-Windkraftanlagen. Genau genommen war es seine Schuld, dass Max jetzt im Sarg lag.

»Prozessorientierte Arbeitsoptimierung und progressive Zeitersparnis. Mit diesem Fortbildungsprogramm reißen wir jede Benchmark«, hatte er begeistert getönt und ihn in diese schwäbische Kleinstadt namens Muggenpfuhl verschleppt. Dort war Alex in letzter Zeit öfters. Geschäftlich. »Added Values für unsere target audience«, hatte er immer geheimnisvoll getönt. Das Fortbildungsprogramm klang hier weniger aufgeblasen, allerdings genauso eingebildet.

»Schwaben – LERN FROM THE BEST«.

Ihre Gruppe hatte einen Sanitärhersteller besucht und sich in die Geheimnisse schwäbischer Profilogistik beim Einpacken von Klokästen einweihen lassen, einen Bäcker, der den Mehlverlust beim Backen grammgenau protokollierte, und ein Restaurant, in dem sie einer übergewichtigen Köchin beim Spätzlepressen zusehen durften. Hergebracht hatte sie ein Reisebus. Aber wie er in diesem Sarg gelandet war, daran erinnerte sich Max leider nicht.
In diesem Moment ging plötzlich das Licht an. Geblendet

schloss er die Augen. Das Licht begann zu blinken. Hatte er jetzt schon Halluzinationen? Nein, hatte er nicht.

An den Rändern des Sargdeckels waren kleine Lampen eingelassen, die in einem merkwürdigen, sich wiederholenden Rhythmus aufleuchteten. Fasziniert betrachtete er das Ganze. Zuerst leuchteten die Lampen einmal kurz auf, dann einmal etwas länger. Es folgte eine längere Pause. Als Max schon dachte, er hätte sich das Ganze eingebildet blinkten sie wieder zweimal kurz auf, gefolgt, von einem etwas längeren Leuchten. Wieder Pause. Und dann wie zum Abschied – ein dreimaliges kurzes Blinken. Als er im flackernden Lichterzirkus die Inschrift, die in Kopfhöhe über ihm stand, las, wurden ihm zwei Dinge klar. Zum einen, dass er in den Händen eines Irren war, und zum anderen, dass dieser Rätsel mochte. Ungelenk stand dort etwas ins Holz geritzt.

»Wähl einen Knopf, aber wähl wie ein Schwabe! Du kasch bloß oimal drucke, du Hamballe!«

Darunter hatte jemand, wie es aussah willkürlich, mehrere Buchstaben ins Holz geritzt. Max kniff die Augen zusammen. Da! Unter den Buchstaben ... Das sah aus wie Striche und Punkte.

Kritisch musterte er den Sargdeckel über sich. Auf Augenhöhe befand sich ein schmaler Holzspalt. Ein Stück der Verschalung ließ sich zurückschieben. Darunter kamen drei Knöpfe zum Vorschein.

WELCHEN KNOPF MUSS MAX DRÜCKEN, UM AUS DEM SARG ZU ENTKOMMEN?

A ROT

B BLAU

C AUS

HEILIX
BLECHLE

VERTRACKTE ZAHLEN

Sie schafften es in letzter Sekunde. Max und Zhilong setzten das dritte Dachelement ein. Es passte. Die Blasmusik verstummte abrupt. Dann zischte es über ihnen, und die Sprinkleranlage sprang an. Schweigend hörten sie, wie die Tropfen aufs Dach prasselten. Ein ätzender Geruch nach Zitrone erfüllte die Luft. Nach etwa zwanzig Sekunden hörte es auf. In der darauffolgenden Stille war ein knarrendes Quietschen zu hören. Vorsichtig steckte Max den Kopf hinaus. Die Ausgangstür war offen. Auf Zehenspitzen verließen sie ihr Häuschen und bemühten sich, auf keinen Fall mit der Säure in Kontakt zu kommen. Dann passierte es: Ein Säuretropfen fiel vom Dach, zerplatzte an einem der Seitenteile und erwischte Max am Arm. Er zuckte zurück und biss in Erwartung des Schmerzes die Zähne zusammen. Nichts geschah.

Es fühlte sich an wie normales kaltes Wasser. Zitronenwasser. Max blickte nach oben und sah im Gegenlicht der Neonröhren weitere hauchfeine Tropfen in der Luft schweben. Die anderen sahen sie nicht und marschierten einfach hindurch. Ohne dass etwas passierte. Kopfschüttelnd ging er weiter.

Die Tür führte in einen schmalen Gang, der leicht nach oben führte. Nackte Glühbirnen warfen in regelmäßigen Abständen Leuchtinseln auf in die Wand eingelassene Schalbretter, die offensichtlich als Stützen dienten. Max fragte sich zum wiederholten Mal, wie lang dieses Gangsystem eigentlich war. Es musste unter der halben Stadt entlangführen. Muggenpfuhl war eine Kleinstadt mit etwa 12.000 Einwohnern. So einen Aufwand zu betreiben, musste doch jemandem aufgefallen sein. Das alles ergab keinen Sinn.

Der Gang endete vor einer einfachen Holztür. Darüber hing ein gelbes Schild mit der Aufschrift »Heilix Blechle«. Alex drückte gegen die Tür. Sie war nicht abgeschlossen und schwang krächzend auf. Der dahinterliegende Raum war eher eine Kammer und so klein, dass sie gerade alle hineinpassten. Sie enthielt nichts außer einem Schemel, auf dem, vom Licht eines Bauscheinwerfers angestrahlt, ein etwa 20 Zentimeter großes silberfarbenes Modellauto lag.

Ratlos standen sie darum herum. Es gab keine weitere Tür. »Verdammt! Sackgasse!«, fluchte Alex. Silberner Lack glänzte, viereckige Scheinwerfer starrten sie über eine geschwungene Motorhaube hinweg an.
Es handelte sich – natürlich – um einen Mercedes.
Raimund drängte sich an ihm vorbei. Seine Stimme vibrierte vor Begeisterung. »Wahnsinn! Ein W124. Fünfgang-Handschaltung. Wurde circa in den neunziger Jahren gebaut. Kenner schätzen vor allem seine Verarbeitungsqualität und seine langlebige Technik.« Er senkte ehrfürchtig die Stimme. »Manche sagen von ihm, es sei der letzte echte Mercedes.«
Max musterte das etwas klobig wirkende Automodell skeptisch. »Mein Opa hatte so einen ...«
»Schaut mal! Da!«, meldete sich Zhilong und deutete auf eine Stelle in der Mitte der Rückwand.

Max trat zu ihm. Ungefähr auf Hüfthöhe befand sich ein münzgroßer Spalt in der Wand. Er schaute genauer hin. Ein in die Wand gekratzter Pfeil deutete genau darauf.

Raimund war immer noch mit dem Modellauto beschäftigt. Er hatte die Tür geöffnet. »Sensationell! Wurzelholz-Armaturen, Ölstandanzeiger ... alles maßstabsgetreu. Und ... Nein. Nicht wahr!« Er fummelte im Autoinneren herum. Auf einmal klappte die kleine Motorhaube auf. »Da ist was drin«, hauchte er.

Die anderen spähten ihm neugierig über die Schulter. Alex zog eine Augenbraue in die Höhe und flüsterte Max zu: »Haben wir hier vielleicht einen Schwaben-Fan? Der weiß doch mehr, als er zugibt.«

»Vielleicht interessiert er sich nur für Modellautos ...«, flüsterte Max zurück. So ganz sicher war er sich allerdings nicht.

Im Motorraum befanden sich zwei kleine zusammengerollte Papiere und drei rote Plastikmünzen, auf die Zahlen und Buchstaben geprägt waren. Raimund faltete stirnrunzelnd das Papier auseinander und las vor:

»Werft die richtige Münze in den Wandschlitz. Der Beipackzettel verrät euch, welche. Ihr könnt nur eine benutzen, ihr Doigaffe. Denkt dran: Mir könnet alles! Net bloß gut rechne!«

Dahinter – ein grinsender Teufelssmiley.

WELCHE DER DREI MÜNZEN MÜSSEN SIE BENUTZEN?

A 6 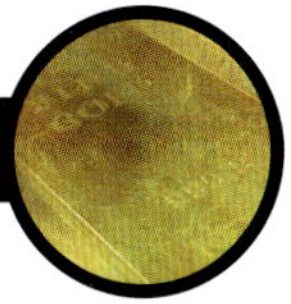

B R 

C 21 

SÄGEN

Der Trick war: Man musste nur weit genug von der Wand weggehen. Dann formten sich aus den kryptischen Zeichen die Worte »EIN PFERD«. Doris hatte es entziffert. Unter dem Wort war ein Hohlraum, in dem ein Schlüssel versteckt war. Und der passte zur Zellentür. Die Freude über ihren Ausbruch währte nur kurz. Die Zelle mündete in einen Flur mit weiteren Zellen. Und die waren, bis auf eine, alle abgeschlossen. Zhilongs Gesicht verdüsterte sich, als er die quietschende Stahltür aufdrückte. Im Innern der Zelle gähnte ein zweiter Brunnenschacht.

15

Ein hohles metallisches Kreischen drang daraus nach oben. Raimund zuckte zusammen.
»Na, Dickie? Keine Lust zum Klettern?«, ätzte Alex.
»Lassen Sie ihn in Ruhe«, sagte Max.
»Sie können dem ja glauben, ich bin davon überzeugt, dass er lügt.«
»Zumindest ist er nicht der Einzige, der öfter nach Schwaben reist ...«
»Wie meinen Sie das?«, fragte Doris.
»Nun ja, Alex Rühl war die letzten drei Monate ... Wie oft? Sechs Mal hier in der Gegend. Korrigieren Sie mich, wenn ich mich irre.«

Alex schlug sich die Hand vor die Stirn. »Ich fass es nicht! Darum geht's hier? Sie verdächtigen MICH? Warum nicht gleich Epson hier?«
»Mein Name ist Zhilong!«, entrüstete sich der Chinese.
»Wie auch immer. Ich war in Schwaben, um unser Unternehmen zu retten. Wie Sie vielleicht NICHT wissen, Max Hansen, hat ein Muggenpfuhler Unternehmen sogenannte ›Stillschwinger‹ erfunden.«

Max hatte davon gehört. Lautlose Windturbinenflügel auf Basis von Eulenflügeln. Sehr clever. »Alle wollen jetzt so ein Ding haben. Ich verhandle gerade, um unser Unternehmen damit aufzurüsten. Sonst sind wir nämlich bald pleite. *That's all.*«

Das Kreischen von unten schwoll an. Alex blickte in den Brunnenschacht. »Ich würde vorschlagen, wir klettern jetzt da runter. Ich hab' nämlich keine Lust, hier zu versauern.«

Hinab ging es über eine Aluleiter, deren Stiegen beängstigend knarzten, aber hielten. Vom Brunnenschacht ging ein schmaler Gang ab, der sie zu einer offen stehenden Metalltür führte. Dahinter kreischte und dröhnte es so laut, dass sie ihr eigenes Wort nicht mehr verstanden. Auf der Tür klebte ein Zettel.

»Schwaben haben die Motorsäge erfunden. Kommt ihr damit klar? Hört auf den Glockenschlag und beeilt euch, denn: die Säge, die hat Zähne ...«
Hinter der Tür erwartete sie ein Alptraum aus rotierenden Stahlzähnen, infernalischem Lärm und atemrauben-

dem Benzindampf. Sechs an Ketten befestigte Motorsägen schwangen, von unsichtbaren Motoren angetrieben, nebeneinander durch den düsteren Raum. Alex wollte sofort hinaus, doch die Tür war hinter ihnen zugefallen und ließ sich nicht mehr öffnen. Sie saßen fest.

Gebannt starrte Max in den irren Tanz aus blitzenden Stahlzähnen. Hinter der Tür lagen mehrere Holzpaletten nebeneinander und bildeten eine etwa fünf Quadratmeter breite Fläche. Dort drängten sich die fünf aneinander. Reden war unmöglich. Aus den Augenwinkeln beobachtete Max, wie Doris etwas Weißes vom Boden aufhob. Es sah aus wie ein Stück Papier.

In diesem Moment erklang ein tiefer Gong. Über ihnen knarrte und quietschte es. Dann rückte die ganze Schwebekonstruktion einen Meter auf sie zu. Raimund deutete mit angstverzerrtem Gesicht auf die Motorsägen. Alex rüttelte wie wild an der Tür. Verzweifelt sah sich Max um. Zwischen den Paletten befand sich ein Hebel, der ein Zahnrad in Schwung setzen konnte. Dieses war verbunden mit einer Reihe weiterer Zahnräder, die unter die ungleichmäßig schwingenden Sägen führten.

Das letzte Zahnrad endete an einem weiteren Hebel, der zwei Positionen einnehmen konnte: *AUS* und *SCHNELLER*. Je nachdem, in welche Richtung man den ersten Hebel bewegte.

Max brach der Schweiß aus. Beim nächsten Gong würden die Sägen sie erwischen.

IN WELCHE RICHTUNG MUSS MAX DEN HEBEL BEWEGEN?

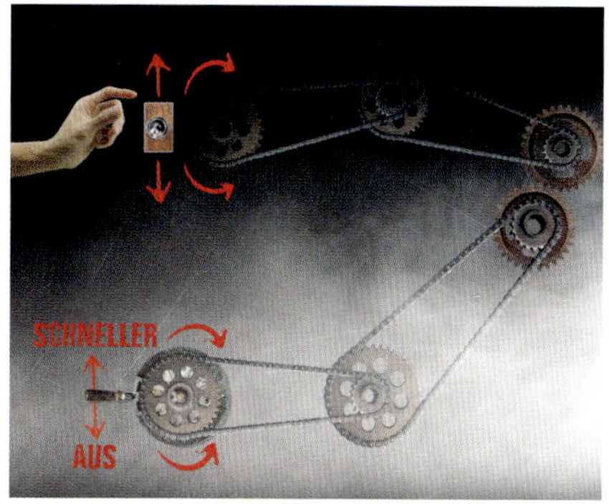

A NACH OBEN

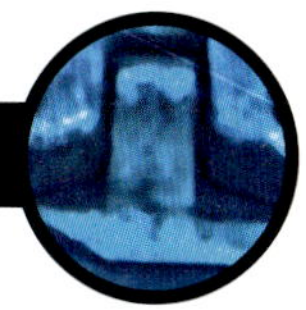

B NACH UNTEN

SCHWABENS LIEBLING

Es klickte, und der Sarg entriegelte sich. Max hatte den »Aus«-Schalter betätigt. Natürlich würde ein richtiger Schwabe vor allem an eins denken: ans Stromsparen. Darauf wäre er auch ohne Morsealphabet gekommen. Langsam drückte er den Sargdeckel nach oben. Ein modriger Geruch schwappte zu ihm herein.

Was er sah, verschlug ihm den Atem. Offensichtlich befand er sich in einer Art Gruft. Ein Bauscheinwerfer beschien eine freskenüberzogene Decke und zerrte steinerne Engel aus Wandnischen. Um ihn herum ruhten auf halbmeterhohen Steinsockeln weitere Särge. Vorsichtig stemmte er sich hoch. Sein rechtes Bein war eingeschlafen und kribbelte wie verrückt. Vom Sarg neben ihm kam ein Klicken. Dann flog der Deckel auf, und ein ziemlich wütender CEO streckte den Kopf heraus.

»Was ist denn das für eine Scheiße?«, fragte Alex.
»Hallo, Chef.« Müde winkte ihm Max zu.
Argwöhnisch sah sich sein Chef um. »Haben Sie damit was zu tun, Hansen? Soll das ein Gag sein?«
»Seh ich aus, als ob ich lache, Chef?«

Seit Alex ihm eine Beförderung verwehrt hatte, war die Stimmung zwischen ihnen eher kühl. Angeblicher Grund: ein momentaner »Liquiditätsengpass«. Ob der etwas mit Alex' Schwabenbesuchen zu tun hatte, wusste Max nicht. Er stampfte fest auf, um die Blutzirkulation in seinem Bein wieder in Gang zu bringen. Dann half er Alex aus dem Sarg.

»Wir waren doch eben noch beim Essen, oder?«
Max sah auf seine Uhr. »Das war vor sieben Stunden.«
»Und warum stehen hier so viele Särge?«
Max zählte durch. Es waren fünf. »Ich hab' da so eine Ahnung ...«

Im nächsten Sarg lag Doris, ihre Reiseleiterin. Sie schlief tief und fest und sah aus wie ein pummeliges brünettes Schneewittchen mit Brille. Alex rüttelte sie unsanft an der Schulter. Als sie aufgehört hatte zu schreien, öffneten sie den nächsten Sarg. Dort ruhte, zufrieden in seinen Schnurrbart schnarchend, der Versicherungsvertreter. Zumindest mussten sie sich keine Gedanken darüber machen, wie sie seine 120 Kilo aus dem Sarg bekommen sollten. Als sie ihn aufweckten, warf er sich so wild herum, dass er mitsamt Sarg vom Steinsockel kippte. Aus dem letzten Sarg erklang ein schrilles, hustendes Geräusch, gefolgt von einem starken Schlag gegen den Sargdeckel.

Doris spähte misstrauisch durch ihre Brille. »Vielleicht besser zulassen? Klingt gefährlich.«
Alex funkelte sie böse an. »Gute Frau, das einzige Gefährliche hier sind Sie! Das war doch IHRE Veranstaltung, wenn ich nicht irre?«
Doris lief rot an. »Das ist ja die Höhe! Ich habe damit absolut nichts – « Es hämmerte wieder gegen den Sarg.

Max und der dicke Versicherungsvertreter, der mit Vornamen Raimund hieß, entriegelten den Deckel, gerade als der Asiate wieder dagegen schlagen wollte. »One-Inch-Punch. Große chinesische Kunst. Bruce Lee«, gab er kryptisch von sich, als Doris sein geprelltes Handgelenk untersuchte.

Wie sich herausstellte, war die schmiedeeiserne Ausgangstür blockiert. Gebieterisch wedelte Alex mit den Armen. »Kurzes Briefing. Offensichtlich sind wir von einem Irren entführt worden, den ich bis an sein Lebensende verklagen werde.« Er warf Doris einen vielsagenden Blick zu. »Er hat uns die Handys abgenommen und uns eingesperrt. Ich vermute mal unter dem Friedhof.«

Das Knarzen eines Lautsprechers schnitt durch die betretene Stille:

»Schwaben sind die schönsten Geschöpfe auf Gottes Erde. Um rauszukommen, müsst ihr sie verstehen, ihr zugereistes Gesindel! Benutzt den Gegenstand, den ein wahrer Schwabe einmal pro Woche braucht. Kleiner Tipp für alle ABC-Schützen: Was gibt Depp plus 2 plus 0 minus 9 minus 11? I däd nore macha'. In einer Vierdelschund wird's duschder!«

Eine hektische Durchsuchung der Gruft förderte Folgendes zutage: einen alten Besen, einen Putzschwamm fürs Auto und ein altes rosa Sparschwein. Max blickte auf die Uhr. Die Zeit wurde knapp.

WELCHEN GEGENSTAND NUTZT EIN WAHRER SCHWABE EINMAL DIE WOCHE?

A AUTOSCHWAMM

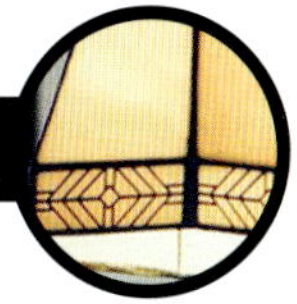

B BESEN

C SPARSCHWEIN

SCHWÄBISCHER TAUCHGANG

Der Papierflieger flog sensationell. Max hatte ihn von der neunten Stufe geworfen. Raimund hatte das angebliche Matherätsel gelöst. Der Trick war, dass die Zwei eine Potenzzahl war. Die Gleichung lautete: $5+4=3^2$

Dann passierte es. Kurz vor Erreichen des Lichtgitters erwischte ein Windstoß den Flieger. Er schmierte ab und torkelte in die Tiefe.

Raimund zauste sich verzweifelt den Bart. »Sitzen wir jetzt hier fest?«
Max kam eine Idee. »Hat jemand ein Stück Papier dabei?« Alle wühlten in ihren Taschen. »Doris hat was«, rief Raimund. Tatsächlich hatte Doris ein halbes Blatt Papier in der Tasche, das sie Max zögernd reichte. »Ist vielleicht zu klein ...«
»Ich kann das!«, rief Zhilong und fing an zu falten. Was am Ende herauskam, sah sehr ... professionell aus. Der Chinese grinste schief. »Origami-Meister.«

Er visierte die Lichtschranke an, atmete einmal tief durch und – warf. Der Flieger kreuzte die Lichtschranke im unteren Drittel. Gleich darauf sprang summend ein Servomotor an. Jubel brach aus, als sich der Steg langsam absenkte. Kaum war er unten, eilten die fünf hinüber. Die Tür zum Wartungshäuschen stand offen. Drinnen roch es feucht und frisch. Der Raum war voller technischer Geräte zur Wasserstandskontrolle. Ein Teil des Bodens bestand aus einer Gitterfalltür, unter der Zigtausende Liter kristallklares Wasser schwappten. Am Grund des Beckens meinte Max etwas zu erkennen. Es sah aus wie eine Statue.

»Unser Wappen findet ihr auf dem Grund. Doch etwas fehlt. Setzt es ein und kommt frei«, las Raimund von einem Klebezettel ab, der auf einem Druckmesser klebte. »Ich fürchte, das wird nass«, sagte Max, dann fiel sein Blick auf den Flieger, den der Wind bis hierher getragen hatte. Er stutzte. Stirnrunzelnd faltete er das Papier auseinander. Dann suchte er in seiner Tasche nach dem halben Computerausdruck, den Doris bei den Kettensägen gefunden hatte. Die Stücke passten perfekt zusammen.
»Das ist der fehlende Teil des Psychogramms«, sagte Max. »Angst vor Spiegeln? Doris, Sie sind der Schwabenhasser!«

Mit der Reiseleiterin ging eine beängstigende Wandlung vor. Ihre Augen blitzten, sie schob das Kinn nach vorn und ballte die Fäuste. »Wissen Sie, ich hatte mal einen kleinen Buchladen. Den haben die Schwaben mit ihrem Geiz und ihren niedrigen Preisen in den Ruin getrieben. Dafür müssen Sie bezahlen!«
Breitbeinig stellte sich ihr Alex entgegen. »Von wegen bezahlen! Haben Sie eine Ahnung, wie sauer ich bin?«
Doris warf ihm einen tückischen Blick zu. »Haben Sie eine Ahnung, worauf Sie stehen?« Sie betätigte den

H.O.R.S.T.
DATA 100101000101000111011010

PROFILANALYSE SUBJEKT 10011011/1 – ANALYSE REISEGRUPPE

89% SCHWABENHASSER UNTER DEN TEILNEHMERN

78% NARZISSTISCHE UND PSYCHOPATHISCHE TENDENZEN

89% STARKE EMOTIONALE REAKTION AUF SCHWABEN

98% BIBLIOPHIL

99% SPEKTROPHOBIE (ANGST VOR SPIEGELN)

99% ALLERGIE AUF ZITRONENSÄURE

// END OF PROFILE SUBJEKT SCHWABENHASSER

Kippmechanismus der Gitterfalltür, und Max, Zhilong, Raimund und Alex stürzten in die Tiefe.

Prustend und Wasser spuckend tauchten sie eine Sekunde später wieder auf. Max blickte direkt auf eine Reihe bizarrer Zeichen an der Beckenwand, die ihm vage bekannt vorkamen. Verbarg sich hier die Lösung? Mit hektischen Schwimmbewegungen tauchte er zum dem Objekt am Beckengrund. Es handelte sich um eine über zwei Meter hohe Bronzeskulptur. Auf dem Beckengrund daneben lagen Klauen, ein Hirschgeweih und etwas, das aussah wie Federn.

WELCHES TEIL MUSS MAX EINSETZEN?

A GEWEIH

B KLAUEN

C FEDERN

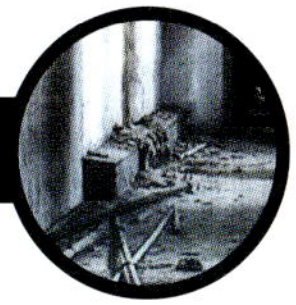

A GSCHEIDR WAI
HODD NO KOIM DOMMA GSCHADED.

A GUADS GWISSA KOMMD BLOß
VOMMA SCHLECHDA GEDÄCHDNIS.

AM OBAD WÄRDAD D'FAULE FLEISSIG.

DER DANZT WIA DA LOMB AM SCHDÄGGA.

S' LÄBA ISCH KOIN SCHLOTZER!
SONSCHT WÄR'S RUND KLEBRIG.

DAS ÄFFLE-PARADIGMA

Alex schob die weiße Tonne von der Bodenrutsche. »Wenn ich bitten darf?«

Der dicke Versicherungsvertreter sträubte sich mit Händen und Füßen, bis ihm Zhilong mit einer raschen Bewegung den Arm auf den Rücken drehte. »Aua! Das können Sie nicht machen! Ich habe mit diesem Schwabenhasser nichts zu tun.«
Alex lachte höhnisch. »Das können Sie Ihrer Großmutter erzählen. Vielleicht kam die sogar aus der Gegend?«
»Meine Großmutter kam aus der Pfalz ... Hiiiii ...«

Alex hatte ihm einen Stoß verpasst und ihn auf die Rutsche befördert. Das Ganze ging so schnell, dass Max nicht mehr eingreifen konnte. Von unten kam ein Plumpsgeräusch. Dann – Stille.

»... dafür werd ich Sie verklagen!«, ging das Geschimpfe weiter. Erleichtert holte Max Luft Er hatte richtig getippt. Die Farben des Kreisels ergaben beim Drehen Weiß. Er packte seinen Chef an seiner verdreckten Anzugsjacke. »Dass er Zeitungsartikel sammelt, ist noch kein Beweis.«
»Was wird das hier? Zwergenaufstand?«, höhnte Alex.
»Sie wissen doch, ein guter Chef geht immer ... voran.«

Mit dem letzten Wort schubste Max Alex auf die Rutsche. Mit einem empörten Kreischen verschwand sein Chef im Loch. Zhilong grinste und zeigte ihm den Daumen. Doris nickte zufrieden.

Max ließ sich auf die Rutsche gleiten und hatte nach etwa drei Metern wieder Bodenkontakt. Neugierig sah er sich um. Er befand sich in einem niedrigen, gepflasterten Tunnel. Ungefähr fünfzehn Meter vor sich sah er Licht. Hinter sich hörte er Doris und Zhilong herunterkommen. Gebückt folgten die drei dem Tunnel, der in einen ausgetrockneten Brunnenschacht mündete. Über ihnen, in etwa fünf Metern Höhe, baumelte eine Glühbirne. Kein Ausgang in Sicht, was Alex und Raimund aber herzlich egal war.
»Ich sag's Ihnen jetzt noch mal. Meine Geschichte ist rein privat.«
»Wollen Sie hier unten Wurzeln schlagen?«, mischte sich Doris ein.
»Wir sind hier noch nicht fertig!«, fuhr Alex sie an. Max legte Raimund beruhigend die Hand auf die Schulter. »Bitte, erzählen Sie uns doch, warum Sie diese Zeitungsausschnitte sammeln.«
»Also gut.« Selbst im Halbdunkel konnte Max sehen, wie Raimund rot wurde. »Es gab eine Zeit, da war ich sehr verliebt. Sie war hübsch, intelligent, einfach ein Traum.«

Alex verdrehte die Augen und machte mit dem Zeigefinger eine Vorspulgeste. Doris warf ihm einen bösen Blick zu.
»Bis eines Tages ein Schwabe daherkam und sie mir aus-

gespannt hat.«
»Und wer war die Frau?«, fragte Doris mitfühlend.

Raimund fingerte vorsichtig den Zeitungsartikel mit dem Bild hervor, das den Bürgermeister und seine Gattin zeigte. »Das glaub ich jetzt nicht«, rief Alex. »Sie stalken die Frau dieses entführten Bürgermeisters?«
»Mein Therapeut hat mir gesagt, ich muss lernen, loszulassen, aber ...«
»Wenn die Herren dann fertig sind ...« Doris zerrte eine Strickleiter aus dem Schatten der Brunnenwand.

Einer nach dem anderen kletterten sie nach oben und fanden sich in einer altmodischen Gefängniszelle wieder. Ein vage menschlicher Umriss schwebte unter der Decke.

»Iiiihhh ...« Doris schreckte zurück. Es handelte sich um einen Stoffaffen mit großen Ohren, den jemand an die Decke gehängt und einen Zettel an die Brust getackert hatte. Stirnrunzelnd las Max vor: *»Hallo, ich bin's! Das Äffle. Sag mir, wer zu mir gehört, dann verrat ich dir, wo der Schlüssel ist. Dazu musst du zwischen den Zeilen lesen.«*

Max überprüfte die Tür. Abgeschlossen. Nachdenklich blieb Doris vor der Zellwand stehen. Die war mit bizarren Sprüchen und merkwürdigen Zeichen bedeckt.

»Vielleicht sollten wir uns die mal genauer ansehen? Irgendwas ist da komisch dran ...«

WAS GEHÖRT ZUM ÄFFLE?

A BANANEN 

B EIN PFERD 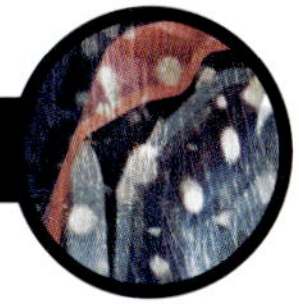

C EIN HUT 

SÄUREREGEN

Plötzlich war es Max wie Schuppen von den Augen gefallen. Die Buttons mit den Zahlen waren alle verkehrt herum. Drehte man sie, ergaben sich für die zwei Bären auf dem Sofa die Zahlen 89 und 91. Der richtige Teddy war demzufolge der mit der Nummer 06 – also der umgedrehten 90.

Er hielt den Teddy in die Überwachungskamera. Eine Sekunde später sprang draußen ein Abluftventilator an. Sie warteten ein paar Minuten, dann war der Neben abgesaugt, und sie kehrten über die Leiter wieder in den unterirdischen Raum zurück. Vor der Tür mit dem Fingerabdruckscanner wedelte Alex mit dem Bären herum. »Hey, wir haben das Rätsel gelö-hö-st.« Nichts geschah.

»Vielleicht scannt der auch Bärenpfoten?«, überlegte Doris mit Blick auf das Gerät.
»Also das ist doch jetzt wirklich Blödsinn. Sie sollten bei Ihren Kaffeefahrten bleiben«, höhnte Alex.
»Wieso bleiben Sie nicht im Chauviland?«
Max besah sich die Pfote des Teddys. Sie wies tatsächlich ein charakteristisches Muster auf. »Doris, Sie sind ein Genie.« Er hielt die Pfote des Teddys auf den Scanner. Es blitzte und summte, als ein Laserstrahl darüberfuhr, dann entriegelte sich das Schloss.

Max drückte die Stahltür auf. Neonröhren gingen flackernd an. Einer nach dem anderen betraten sie den gemauerten Raum. Hinter ihnen fiel die Tür ins Schloss.

»Wie süß. Teddys großer Bruder«, sagte Doris.

Auf einem Stuhl in der Mitte saß ein riesiger Kuschelbär, der eine Art Radiowecker auf dem Schoß hatte und ein Schild um den Hals trug. Dahinter lag ein Haufen Bauschutt. Als sie sich dem Kuscheltier näherten, offenbarte sich ein gruseliges Detail: Eigentlich war es nur ein halber Teddy. Die ihnen abgewandte Seite war von Säure zerfressen. Ein Arm baumelte nur noch lose an einem Faden, die linke Gesichtshälfte war weggeätzt, das Knopfauge hing schief im zerfressenen Gewebe.

Doris war schockiert. »Ihhh ... Wer macht denn so was?«
Auf dem Schild um den Hals des Teddys hatte jemand mit Kreide geschrieben:
»Schaffe, schaffe, Häusle baue, darin sind wir Schwaben die besten. Ihr auch? Baut euch ein Häuschen. Beeilt euch! In zwei Minuten kommt ein Säureregen.«

Ängstlich sah sich Raimund um. »Das können die doch unmöglich ernst meinen?«

Max blickte nach oben. Neben zwei Überwachungskameras saßen dort tatsächlich mehrere Sprinklerköpfe. In diesem Moment erwachte der Radiowecker zum Leben. Fröhliche Blasmusik und eine mechanische Stimme drangen aus dem kleinen Lautsprecher.

»Eine Minute 59, eine Minute 58, eine Minute 57 ...«

Zhilong durchquerte eilig den Raum und rüttelte an der anderen Tür. Unglücklich schüttelte er den Kopf.
Alex war kurz vorm Durchdrehen. »Womit sollen wir denn hier irgendetwas bauen?!« Wütend kickte er den Stuhl mit dem Teddy um. Die Tafel schlitterte über den Boden. »Das ist unfair.«
»Fair oder nicht. Wir sollten anfangen. Oder wollen Sie aussehen wie dieser Teddy?«, sagte Doris.

Hektisch durchsuchten sie den Raum. Was Max irrtümlich für Schutt gehalten hatte, stellte sich als eine Reihe von meterlangen, mit dunkler Legierung überzogenen Schaumbauelementen heraus. Sie sahen aus wie überdimensionale Puzzleteile.

»Hallo ... auf der Rückseite der Tafel steht auch was ...«, meldete sich Raimund.

Es handelte sich um eine Art Bauplan. Max warf einen Blick darauf und begann, in fieberhafter Eile die Bauschaumteile auf dem Boden zu sortieren. »Wir müssen sie so zusammenstecken, dass sie ein Haus bilden.«

»59, 58, 57 ...«, zählte die Stimme weiter.

Verzweifelt studierte Max den Plan. Er zeigte die Hausteile, bot aber drei Optionen für das Dach.

WELCHES ELEMENT BRAUCHEN SIE FÜR DAS DACH?

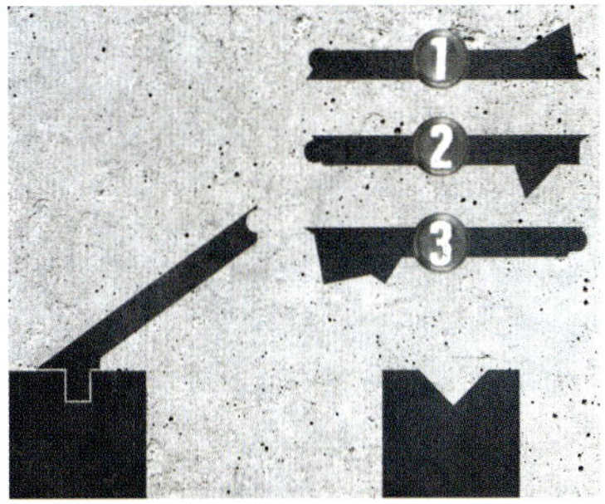

A 1 

B 2 

C 3 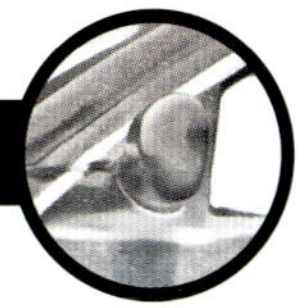

13

BOHRMASCHINENFARBEN

Es war »Die sieben Schwaben«. Natürlich. EIS BEN war ein umgestelltes Anagramm von SIEBEN. Doris war draufgekommen.

Alex nickte anerkennend. »Bloß: Wie bringt uns das jetzt weiter?«
»Nochmal unten suchen?«, schlug Zhilong vor.
Max schnippte mit dem Daumen. »Gute Idee. Die Schwabenmythen liegen vielleicht nicht zufällig da ...«

Die fünf eilten wieder nach unten. Aufgeregt schlug Doris Band III (»Die sieben Schwaben im Kulturkontext«) auf. Es war hohl. In seiner Mitte befand sich ein Stück Metall von der Größe und Form eines Eishockeypucks. Max wog es in der Hand. »Hat jemand Kleingeld?«

Raimund förderte ein ausgeleiertes Portemonnaie zutage. Umständlich klaubte er ein Fünf-Cent-Stück heraus. Max hielt es über die Eisenscheibe. Es gab ein trockenes Klickgeräusch, und auf einmal klebte die Münze am Eisen. »Das ist ein Magnet! Jetzt weiß ich, wie wir an den Schlüssel kommen.«

Als Raimund die Geldbörse wieder einstecken wollte, fiel ein Bündel zusammengefalteter Papiere heraus. Er bückte sich hastig, doch Max war schneller. Er wollte Raimund das Bündel zurückgeben, als ihm eine Überschrift ins Auge sprang. *»Panik im Ländle! Schwabenhasser schlägt wieder zu!«*, las er stirnrunzelnd. Raimund grabschte nach seinen Papieren. »Hey, das sind meine!« Atemlos blätterte Max durch alte Fotos und Zeitungsausschnitte.

»Muggenpfuhler Behörden intensivieren Suche nach Schwabenhasser.«

»Schwabenhasser verschandelt Brunnen – Bürgermeister ratlos!«

»Bürgermeister und Gattin erhalten Drohbrief vom Schwabenhasser.«

Darunter das Foto eines wohlgenährten Mannes mit Halbglatze und einer hübschen Frau.

»Warum haben Sie diese Zeitungsausschnitte bei sich?«, wandte sich Max an Raimund.
»Das geht Sie überhaupt nichts an.«
»Ihnen ist klar, dass Sie das verdächtig macht?«
Alex lachte heiser. »Quatsch, verdächtig. Er ist der Grund, warum wir alle hier sind.« Er drehte sich nach oben. »Hey, ich weiß, dass ihr zuschaut! DAS ist der Schwabenhasser. Ihr könnt uns jetzt rauslassen.«
Nichts geschah.
»Dann müssen wir ihn eben selbst rausbringen! Hey«,

wandte sich Alex an Zhilong, »Sie passen auf, dass er keine Dummheiten macht.« Der Chinese nickte grimmig. Im Gänsemarsch ging es wieder nach unten. Vor der Panzerglastür hielt Max den Magnet ans Glas und schaffte es so, den Schlüssel bis zum Türspalt zu ziehen.

Eine Minute später waren die fünf im nächsten Raum. Eine nackte Glühbirne beleuchtete eine Werkbank. Daneben stand auf einer Staffelei das Bild eines Mannes. Darunter stand:

»Wilhelm Emil Fein – brachte den Bohrer zum Drehen. Macht´s wie er, denn nur die richtige Farbe hilft euch raus.«

Auf der Werkbank lag ein rundes Sägeblatt, das wie ein Farbkreisel in unterschiedliche Farbfelder unterteilt war. Weiter hinten standen drei große umgekippte Tonnen. Eine war blau, eine weiß und eine grün. Unter jeder Tonne befand sich ein Loch im Boden, das jeweils zu einer Art Schuttrutsche führte.
Doris fröstelte. »Also ich will da nicht runter.«

Grübelnd wog Max das Sägeblatt in der Hand. »Dieser Wilhelm hatte was mit Bohrmaschinen zu tun. Hier sind alle Tonnenfarben drauf … Es sei denn … Na klar!« Er grinste. »Würde sich das Sägeblatt drehen, gäbe es nur noch eine Farbe.«

WELCHEN AUSGANG MÜSSEN DIE FÜNF NEHMEN?

A DEN UNTER DER WEISSEN TONNE

B DEN UNTER DER BLAUEN TONNE

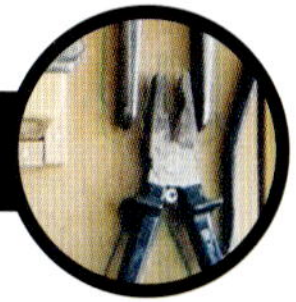

C DEN UNTER DER GRÜNEN TONNE

SCHWABENS
BESTE

EINSTEINS RACHE

Die Lösung war der Besen. Im Wort »Depp« verbarg sich die Antwort. Ein einfacher Verschiebecode. Verschob man die Buchstaben »DEPP« anhand der genannten Zahlen im Alphabet, ergab sich die Aufforderung »FEGE«. Raimund war drauf gekommen.
»Und jetzt?«, fragte Alex.
»Ist jemandem aufgefallen, dass der ganze Raum sauber ist, nur diese Ecke nicht?«, meldete sich Doris.

Raimund, der sich den Besen geschnappt hatte, musste nicht lange kehren, dann zeichneten sich unter dem Staub die Umrisse einer Falltür ab. Max und der Chinese (der übrigens Zhilong hieß) stemmten sie auf. Angeekelt spähte Alex in die Tiefe. Eine rostige Metallleiter, an der Spinnweben baumelten, führte etwa drei Meter in die Tiefe. Von unten schimmerte ein schwacher Lichtschein herauf.

»Also ich geh nicht als Erster runter. Mein Anzug ist von Brioni. 3.000 Euro!« Zhilong war schon auf dem Weg. Geschmeidig turnte er die Leiter hinunter, hüpfte den letzten Meter und stieß einen Karate-Schrei aus. »Hier unten ist es sicher«, gab er nach oben durch.
»Für wen arbeitet der gleich?«, fragte Alex.
»Ich glaube, Samsung«, antwortete Max.

In diesem Moment ging das Licht aus, was den Abstieg der Gruppe beschleunigte. Max kletterte als Zweiter hinunter. Die Leiter mündete in einem schmalen Gang, an dessen Decke tropfenförmige Tunnellampen schummriges Licht verbreiteten. Abgestandene Luft schlug ihnen entgegen. In der Mitte des gemauerten Gangs verliefen drei Rinnen, eine in der Mitte, zwei an den Seiten. Das eine Ende des etwa 25 Meter langen Tunnels begrenzte direkt hinter der Leiter eine Betonwand, das andere eine schwere Holztür. Das, was dazwischenlag, war interessant. Es sah aus wie eine Ausgrabungsstätte, in der jemand eine Vernissage veranstaltete. Auf einem Messingschild an der Wand stand:

»Schwabens Beste«.

Dann folgte eine Reihe gerahmter Schwarz-Weiß-Fotografien nebst Bildunterschriften. Offensichtlich schwäbische Erfinder. Ratlos blieb die Gruppe vor davor stehen. Ein paar erkannte Max. Gottlieb Daimler, Robert Bosch, Ferdinand Porsche. Andere sagten ihm nichts. Ganz am Rande hing jemand, den er nicht erwartet hätte.

Kopfschüttelnd stellte sich Alex neben ihn. »War Einstein nicht Schweizer? Warum nicht auch noch Edison oder Tesla? Impertinentes Schwabenpack.«
»Äh ... Einstein wurde in Ulm geboren«, meldete sich Doris.
»Ach, und woher wollen SIE das wissen?«
»Hab ich gelesen. So was machen auch Reiseleiterin-

nen«, gab sie spitz zurück und besah sich das Bild genauer. »Na ja, Einstein mit schwäbischem Kulturgut zu zeigen, ist vielleicht ein klitzekleines bisschen übertrieben.«

Max ging näher heran. Tatsächlich. Das Ganze sah ein wenig aus wie ein Seriendruck von Andy Warhol. Bloß mit Hut und Anstecker. Hinter den Bildern standen Zahlen.

Zhilong hatte die Tür untersucht. »Keine Chance. Dreistelliges Kombinationsschloss aus Stahl.«
Raimund begutachtete die hintere Mauer, an der eine Kamera angebracht war. »Leute, irgendwas ist komisch an dieser Wand. Die sieht aus, als ob sie – «

Er kam nicht dazu, seinen Satz zu vollenden, denn mit einem lauten Knirschen rückte die Wand auf einmal gut einen halben Meter auf ihn zu. Er stieß einen erschreckten Schrei aus und sprang zurück. »Heilige Scheiße, die Wand bewegt sich.«

Max begriff jetzt, wofür die Rinne war. Die Wand rutschte darin auf hydraulischen Rollen auf sie zu. Und: Sie blockierte den Weg zurück. »Schnell! Wir müssen das Schloss aufkriegen.« Hektisch sah er sich um. »Irgendwo hier muss die Kombination versteckt sein.«

WIE LAUTET DER CODE FÜR DAS TÜRSCHLOSS?

A 314

B 384

C 434

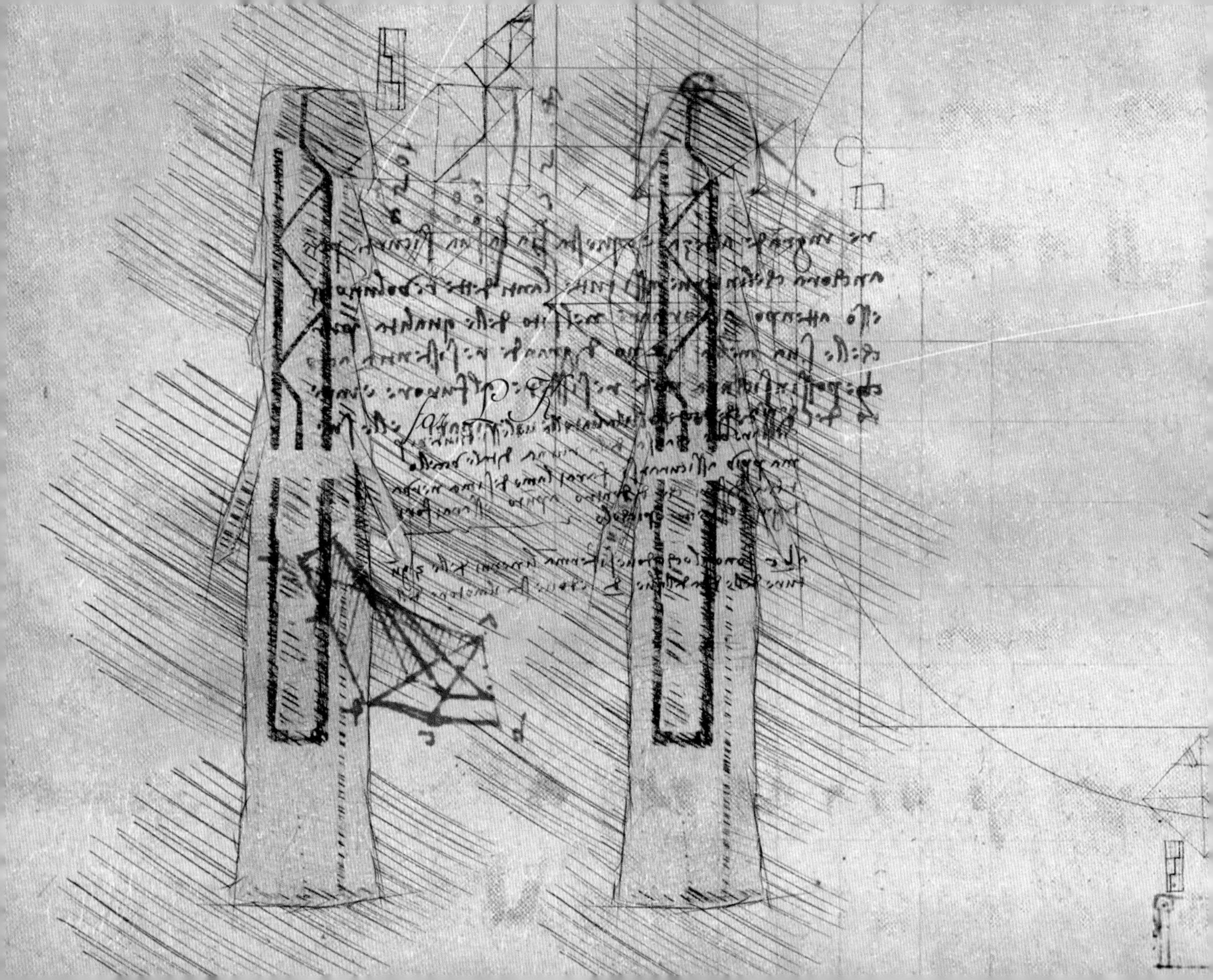

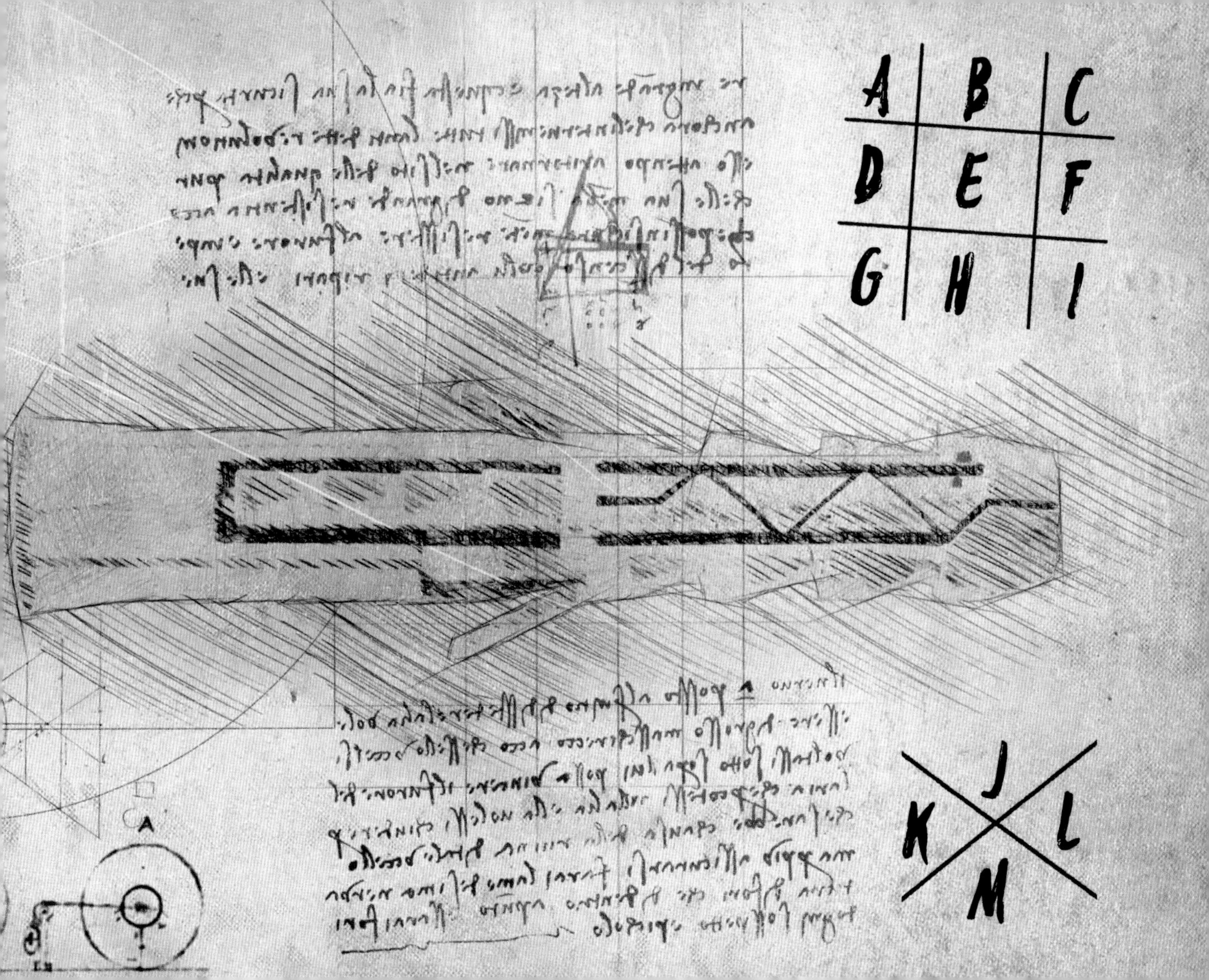
A B C
D E F
G H I
J
K L
M
A

DAS DÜBELPROBLEM

Bio-Meereswasser war die richtige Wahl. Kaum hatte der Trichter den Salzsprudel übers Gleis geschüttet, knisterte es ein Mal scharf, und die Eisenbahn stand still. Das Summen verstummte. Salzwasser leitete Strom. Alkohol nicht.

Trotzdem bedeckte Alex seine Hand mit seinem Jackettärmel, als er die Türklinke zum nächsten Raum herunterdrückte. »Man weiß nie … Offensichtlich ist unser Spielmaster ein Sadist.«

5 »Aber wer sollte einen Grund dafür haben?«, fragte Raimund, der den humpelnden Zhilong stützte.

Max hatte sich diese Frage auch schon gestellt. »Erinnert ihr euch an das, was uns der Busfahrer erzählt hat? Von diesem Schwabenhasser, der den Bürgermeister von Muggenpfuhl entführt hat?«

ihr Busfahrer, ein Niedersachse im Muskelshirt namens Ronny, hatte auf der ganzen Fahrt über die Schwaben geschimpft. Vor allem wegen der vielen Radarfallen.

Raimund nickte so, dass sein Doppelkinn schwankte. »Ja, ich erinnere mich. Der hat gesagt, der Schwabenhasser soll den Bürgermeister in irgendeinem Wald gefangen halten und Lösegeld verlangen.«

Doris schaltete sich ein. »Da kam im Hotel auch was im Fernsehen. Dieser Irre hat Feuer auf der Insel Mainau gelegt und schwäbischen Kulturdenkmäler verschandelt …«

»Vielleicht hat er ja nicht nur den Bürgermeister entführt …«, sagte Max. Es dauerte ein paar Sekunden, dann fiel der Groschen bei den anderen.

»Sie meinen, UNS hat er auch entführt?«, entrüstete sich Raimund.

Alex deutete skeptisch auf die Eisenbahnlandschaft. »Das hat doch niemals einer allein gemacht.«

Wütend stieß er die Tür auf. Dahinter erwartete sie ein bizarres Szenario. Der Raum war leer bis auf eine frei stehende Rigipswand in der Mitte. Dahinter befand sich eine rote Stahltür, deren Schließmechanismus mit einem Touch-Panel verbunden war. Alex untersuchte es und schüttelte frustriert den Kopf. »Biometrisch. Fingerabdruckscanner. Sollen wir jetzt auch noch jemandem den Finger abschneiden?«

Zhilong deutete zur Decke. »Da ist der Ausgang.«

Über der Rigipswand befand sich in gut vier Metern Höhe eine Falltür an der Decke. Vor der Wand standen drei Baumarkt-Plastikboxen. Dahinter ein Aufsteller mit der Aufschrift: *»Wir bohren immer richtig – selbst wenn wir falsch bohren! Schwaben ist Dübelkönig«.*

Doris fasste in die erste Box und fischte einen Fischer-Hohlraumdübel heraus. In der zweiten fanden sie lange Schrauben und in der dritten stählerne L-Winkel und einen Schraubenzieher. Mehrere vorgebohrte Stellen an der Rigipswand deuteten darauf hin, dass der Unbekannte wollte, dass sie die L-Winkel an der Wand anbrachten und sich so eine behelfsmäßige Leiter konstruierten.

»Gott, was gehen die mir auf die Nerven!«, stöhnte Alex. »Max, machen Sie das! Ist doch Ihr Bereich.«
Max achtete nicht auf ihn. Ihm war etwas Merkwürdiges aufgefallen. Die Löcher waren zwar im richtigen Abstand gebohrt, aber es waren viel zu viele.

»Wie viel wiegen Sie?«, fragte er Zhilong.
»86 Kilo.«
»Zu schwer. Diese Dübel tragen maximal 80.«

Raimund fiel aus, auch Doris war mit 93 Kilo drüber, Max wog 89. Blieb nur noch ... Alex. Max wusste, dass er peinlich genau auf sein Gewicht achtete.

»Nicht Ihr Ernst. Der Anzug war sauteuer!«
Max musste sich ein schadenfrohes Grinsen verkneifen. »Kommt jetzt drauf an, wie sehr Sie hier rauswollen.«

Den ersten L-Winkel fixierte Max selbst, die anderen schraubte Alex an. Viele Bohrlöcher waren ausgerissen. So viel zur schwäbischen Gründlichkeit. Schwankend und fluchend arbeitete sich Alex nach oben.

Oben angekommen, stockte er. Auf einem Bein balancierend rief er mit gepresster Stimme: »Hier ist ein Vorhängeschloss. Vier Nummern. Ich brauch die Kombination. Und zwar schnell!«

Max fiel es wie Schuppen von den Augen. Die Lösung lag direkt vor ihm.

WIE LAUTET DER CODE FÜR DAS SCHLOSS?

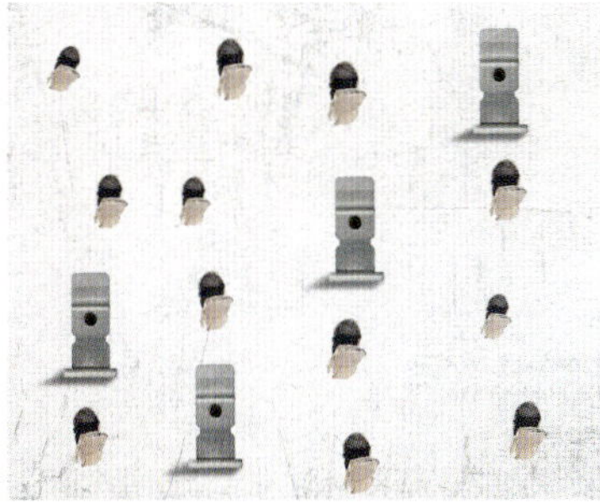

A 1324 

B 3421 

C 2134 

SCHÄDEL IM GLAS

In letzter Sekunde verstummten die Sägen eine nach der anderen. Das Schwingen hörte auf. Max hatte den Hebel nach oben geschoben. Der Raum war mittlerweile so voll mit ätzenden Abgasen, dass die fünf halb blind hindurchtaumelten. Auf der anderen Seite führte eine Tür nach draußen. Dahinter blieb die Gruppe stehen und schnappte erschöpft nach Luft. »Das war verdammt knapp«, japste Raimund. Er war kreideweiß im Gesicht.
»Ich muss euch was zeigen«, ächzte Doris heiser und zog den weißen Papierfetzen hervor. »Das hier klemmte unter dem Podest. Sieht aus, als ob es jemand vergessen hat.«

Bei dem Papier handelte es sich um die Hälfte eines Computerausdrucks. Ratlos reichten die fünf den Papierfetzen im Kreis herum.

H.O.R.S.T.
DATA 100101000101000111011010
PROFILANALYSE SUBJEKT 10011011/1 - ANALYSE REISEGRUPPE

89% SCHWABENHASSER UNTER DEN TEILNEHMERN
78% NARZISSTISCHE UND PSYCHOPATHISCHE TENDENZEN
89% STARKE EMOTIONALE REAKTION AUF SCHWABEN
98%

Raimund kratzte sich am Kopf. »Meinen die uns damit?«
Alex fixierte ihn mit roten Augen. »Nein. Die meinen SIE! Ihre Zeit läuft ab. Tick-tack-tick-tack.«
Zhilong deutet auf die unteren Zahlen. »Schade, dass die 98 Prozent fehlen …«
Alex schnaubte. »Ich brauch keinen Profiler, um zu wissen, dass der da ein Psycho ist.«

Die Gruppe setzte ihren Weg fort. Der Gang führte ein gutes Stück weit nach oben, bog einmal um die Ecke und endete abrupt vor einer Wand. Über ihnen zeichneten sich die Umrisse einer metallenen Falltür ab. Alex, der am größten war, konnte sie mit den Armen erreichen. Sie war nicht abgeschlossen und fiel klappernd nach hinten, als er dagegen stieß. Mit einem Sprung erreichte Alex den Deckenrand und zog sich mit einem Klimmzug nach oben. Zhilong folgte ihm mühelos. Die beiden halfen den anderen, hochzuklettern.

»In was für einem Film sind wir denn jetzt?«, fragte Raimund. Staunend sahen sie sich um. Eine Leuchtstoffröhre erhellte einen kühlen kleinen Raum, in dem es stechend nach Chemikalien roch. An der Wand stand ein großer, schwer aussehender roter Schrank mit mehreren Schubfächern, vor ihnen war eine Art Kühlfach mit zwei Laden. An einem Aufhänger an der Wand hingen mehrere weiße Kittel neben einem Akte-X-Poster.
»Das ist ein Horrorfilm. Da bin ich mir ganz sicher«, flüsterte Doris.
Das Absonderlichste waren die vielen Spiegel. An der Wand hingen drei, auf dem Tisch standen zwei, und einer hing direkt an einer der Laden.

»Wieso gibt's hier so viele Spiegel? Wollen die rauskriegen, wer ein Schwabenhasser oder wer ein Vampir ist?«, rätselte Alex. Doris war totenblass. »Muss ... mich hinsetzen.« Schweiß stand ihr auf der Stirn. »Mir ist schwindlig.«

Sie sackte am Boden zusammen. Raimund fegte bizarr aussehendes Werkzeug von einem silbernen Tablett und fächelte ihr damit Luft zu. In der Spiegelung des Tabletts verzog sie ihr Gesicht zu einer Grimasse und flüsterte: »Ich kann sehen, was dahinter ist.«

Max hatte den merkwürdigen Eindruck, dass die Spiegel Doris Angst machten.
Alex verdrehte die Augen. »Ist die Alte jetzt komplett übergeschnappt?«
»Durchsuchen wir den Raum.«

Mit einem Ruck zog Max eine Lade heraus. Ein mit trüber Flüssigkeit gefülltes Glasgefäß fuhr ihm entgegen. Darin schaukelte – ein menschlicher Kopf.
»Iiiihhh! Ist der echt?« Raimund schüttelte sich.

»Ich hab was gefunden!«, rief Zhilong vom Schreibtisch. Dort lag ein Zettel, auf dem, hastig hingekritzelt, fünf Worte standen.

»Bringt den Schädel zum Reden!«

Rund um das Schädelglas verlief ein Band aus mysteriösen Figuren und Zahlen.

WAS MÜSSEN DIE FÜNF MACHEN?

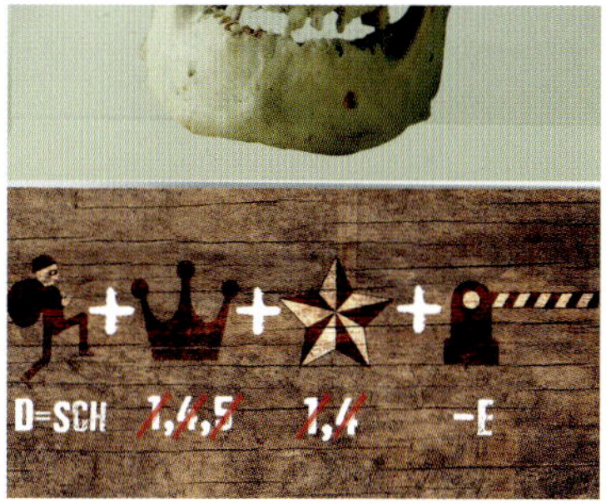

A DEN SCHRANK VERRÜCKEN

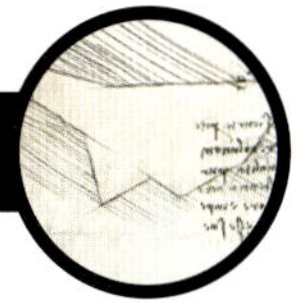

B DEN SCHREIBTISCH DURCHSUCHEN

C GEGEN DIE WAND KLOPFEN

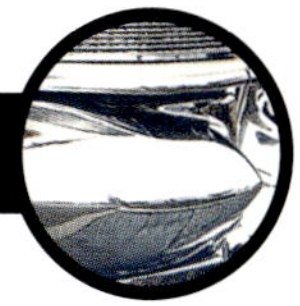

Iss dich schlau

Hinter der Falltür befand sich eine ausziehbare Leiter, die ratternd nach unten fuhr, als Alex ihre Verriegelung löste. Eigentlich war es einfach. Man musste nur die Bohrlochreihen von links nach rechts abzählen. Die richtig gebohrten Löcher ergaben dann den Code.

Es war eine wacklige Angelegenheit, aber alle schafften es nach oben. Die Leiter führte in einen ganz normalen Keller, in dem sich in abgesperrten Holzboxen große Kisten und Konservendosen stapelten. Raimund schnupperte. Es roch nach Essen. Irgendwo spielte leise italienische Musik. Ein Pfeil in Neonfarbe wies zu einem Treppenaufgang. Im Gänsemarsch tastete sich die Gruppe nach oben. Die Musik wurde lauter. Adriano Celentano gurgelte »Azzurro«. Alex ging voran, den Schraubenzieher abwehrbereit in der Hand, gefolgt von Max und den anderen. Die enge Treppe führte sie hinauf in einen fensterlosen Raum, den mehrere Kerzen in schummriges Licht tauchten. In seiner Mitte bog sich ein riesiger Esstisch unter verschiedensten Speisen. An der rückwärtigen Wand hing ein Wandteppich, der drei schwarze Löwen mit roten, heraushängenden Zungen zeigte. Besteck glänzte düster im Kerzenschein. Fünf Gedecke waren aufgelegt. Über dem Tisch hing eine weitere Kamera.
»Na, das ist jetzt gruselig«, sagte Max und deutete auf die Tischschilder.
Doris trat dazu. »Da stehen ja unsere Namen. Wie konnten – «
Alex unterbrach sie. »Die Sache ist klar. Das Ganze ist von langer Hand vorbereitet. Eine Gruppe irrer Schwaben hat uns entführt und macht jetzt Experimente mit uns.« Er warf einen bezeichnenden Blick zur Deckenkamera.
»Was sollen denn das für Experimente sein?«, fragte Doris.
»Wer weiß? Vielleicht sollen wir ja Schwaben werden?«

Misstrauisch inspizierte Alex die Schüsseln, Tiegel und Pfannen. Vor jeder stand eine kleine Karte, auf der in verschnörkelter Schrift der Speisenname stand. Neben Klassikern wie Spätzle, Maultaschen, Schweineschnitzeln mit Zitrone und Saitenwürstchen mit Linsen gab es auch Exotischeres.
»Kratzete«, las Zhilong stirnrunzelnd von einem Schild vor zuckerüberstreuten Pfannkuchenstücken. Daneben tummelten sich baguetteartige Weißbrote, »Seelen« genannt, dicke Schupfnudeln namens »Bubaspitzle« und eine Terrine voller ... Mafiaspätzle.

Doris zog eine Augenbraue in die Höhe und musterte die Spätzle, die so lang wie Spaghetti waren. »Nie gehört. Und ich koch öfter.«
Zhilong schnupperte genießerisch an einer Terrine, in der Klöße schwappten.

»Essen wir?«, fragte er hoffnungsvoll.
Alex warf ihm einen indignierten Blick zu. »Auf gar keinen Fall. Vielleicht ist das vergiftet.«

Vom anderen Tischende drang lautes Schmatzen. Alle

Augen richteten sich auf Raimund, der sich gerade Linsen und Saitenwürstchen in den Mund schaufelte.

»Is was?«, mümmelte er.
Nachdem er fünf Minuten lang nicht an vergifteter Schwabenküche verstorben war, griffen auch die anderen zu. Erst zögerlich, dann mit gutem Appetit. Max, der sich an einer Portion Schupfnudeln versuchte, musste zugeben, dass es ihm schmeckte. Er sah sich im Raum um. Nirgendwo war eine Tür zu sehen.

Zhilong wedelte aufgeregt mit einer Speisekarte. »Da ist eine Botschaft drauf!«
Auf der Rückseite der Karte stand unter einer Art Diagramm, das eine Weinflasche und Gläser zeigte, in der gleichen verschnörkelten Schrift:

Irgendwo bei diesen schwäbischen Köstlichkeiten findet ihr, was ihr dringend braucht. Was hilft: schwäbischer Wein. Den müsst ihr euch dazudenken. Das Glas, das am schnellsten voll wird, sagt euch, wo ihr suchen müsst.«

»Versteh ich nicht. Was sollen wir denn so dringend brauchen?«, schmatzte Raimund.

In diesem Moment drang weißer, beißender Nebel zur Tür herein und breitete sich sofort am Boden aus. Max sah sich panisch um. Der Rauch versperrte bereits den Rückweg. »Kennt sich irgendjemand mit schwäbischer Küche aus?«

WO MUSS DIE GRUPPE SUCHEN, UM DIE NACHRICHT ZU FINDEN?

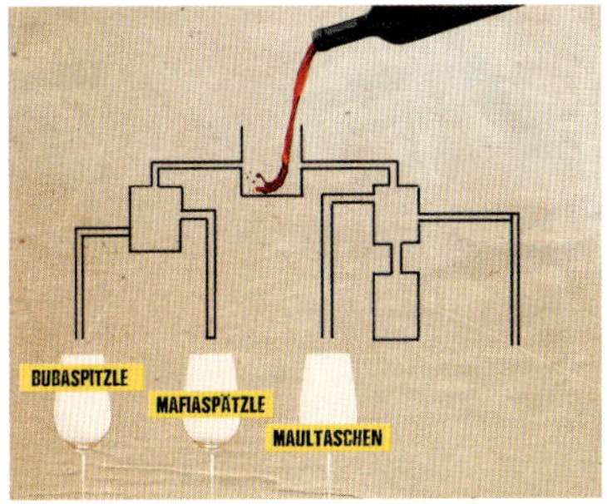

A BEI DEN BUBASPITZLE 

B BEI DEN MAFIASPÄTZLE 

C BEI DEN MAULTASCHEN 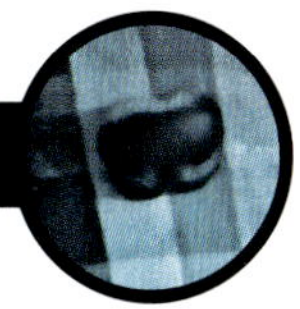

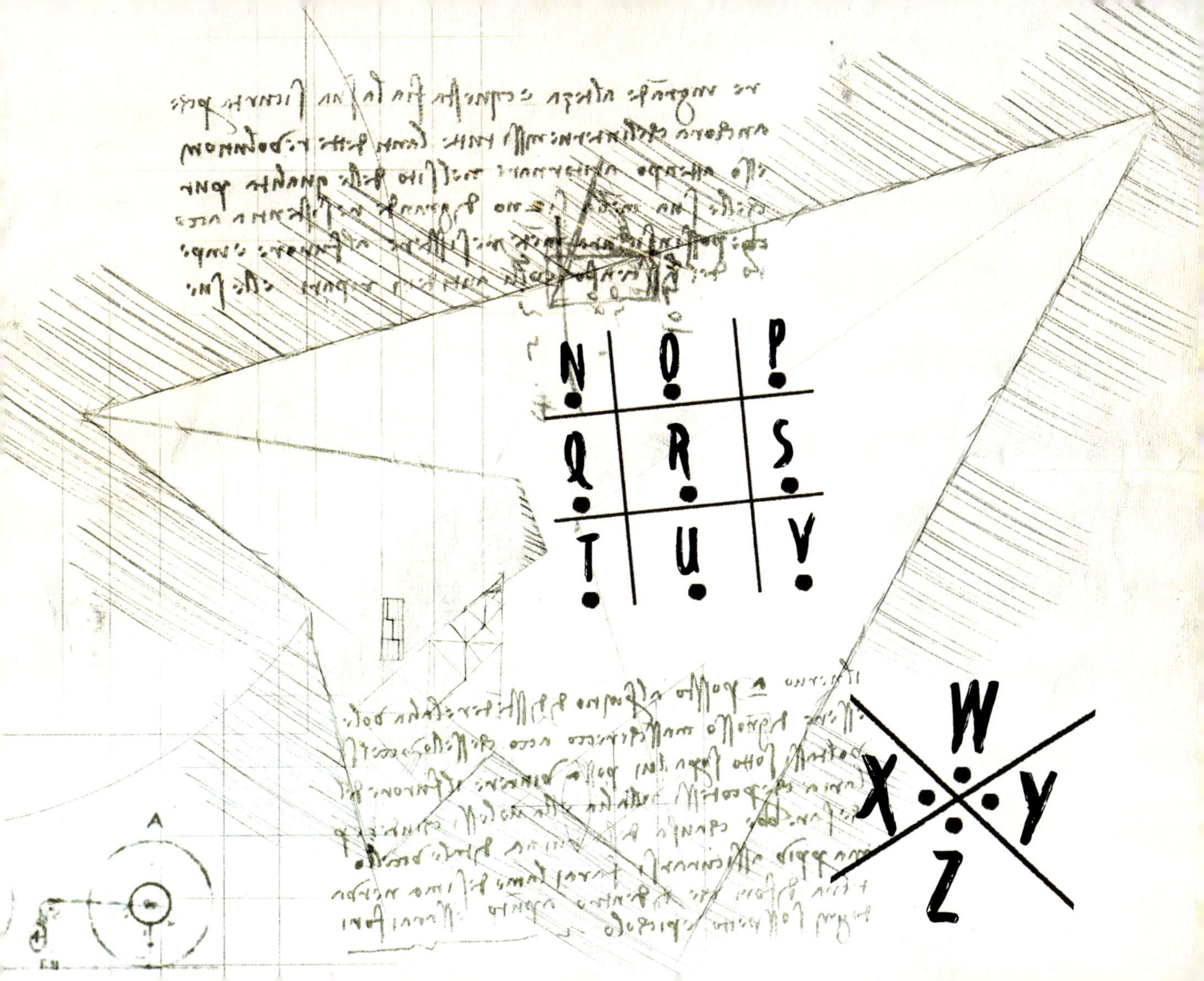
N O P
Q R S
T U V
W
X Y
Z

DER SCHNEIDER VON ULM

Alex, Zhilong und Max schafften es zusammen gerade so, den schweren roten Schrank zu bewegen. Knirschend rückte er ein Stück zur Seite. Dahinter befand sich eine Metalltür. Mit einer gewaltigen Anstrengung gelang es ihnen, den Spalt so weit zu erweitern, dass sie hindurchpassten.

Zhilong ging mit stolzgeschwellter Brust als Erster. Er war darauf gekommen, dass es bei dem Rätsel darum ging, Worte zu finden, bei denen man je nach der darunterstehenden Zahl Buchstaben weglassen oder durch andere ersetzen musste.

Max half Doris durch den Spalt. Die Reiseleiterin hielt den Blick die ganze Zeit auf den Boden gerichtet. Sie zitterte, und Schweiß stand auf ihrer Stirn. Die Tür entließ sie in einen schmalen Tunnel, in dem es nach Unrat und Abwasser roch. Hier sah es mehr nach Zivilisation aus.

»Offensichtlich sind wir jetzt ein Stockwerk weiter oben«, sagte Max.
»Heißt das, irgendwo geht's hier raus?«, fragte Doris hoffnungsvoll. Mit jedem Schritt weiter schien es ihr besser zu gehen.
»Ich würde mal tippen, das ist hier die Kanalisation.«
Dass Max recht hatte, zeigte sich bald. In regelmäßigen Abständen schimmerte Licht durch Öffnungen in der Decke, die sich, als sie näher kamen, als Kanaldeckel entpuppten. Die saßen allerdings alle bombenfest.

Wütend hämmerte Alex mit der Faust gegen einen der Stahldeckel. Über sich konnten sie ab und zu Verkehr rauschen hören. Ebenso wurde das Geräusch von fließendem Wasser immer stärker. Der unterirdische Kanal führte in leichtem Bogen nach oben und endete vor einer großen, mit roten und orangenen Gefahrensymbolen gekennzeichneten Metalltür.

Auf der Tür stand:

»Regenrückhalte Muggenpfuhl. Achtung: Lebensgefahr!«

»Scheiß drauf.« Alex drückte die Tür auf.

Der erste Eindruck war der von Weite. Es roch nach frischer Luft. Alle atmeten erleichtert ein. Milchiges Licht fiel durch eine mehrere Quadratmeter große Öffnung an der Decke, etwa vier Meter über ihnen. Darunter lag ein gigantisches Becken. Als sich ihre Augen an die Lichtverhältnisse gewöhnt hatten, konnten sie seine Umrisse erahnen. Es sah aus wie ein riesiger, zylinderförmiger Swimmingpool.

Sie standen auf Höhe des Beckenrands auf einer Art Plattform, die vermutlich für Wartungsarbeiten benutzt wurde. Zwischen der Plattform und dem Becken gähnte eine Lücke von gut sechs Metern.

»Seht ihr das?«, fragte Max und deutete auf die andere Seite. Am oberen Rand des Beckens befand sich vor einem kleinen Wartungshäuschen, das auf Stützstreben über dem Becken schwebte, ein aufgestellter Steg, der wie eine Zugbrücke heruntergeklappt werden konnte.

»Ich glaube, wir müssen irgendwie da rüber.«
»Habt ihr sie noch alle?«, rief Alex in die Kamera, die direkt über ihnen hing. »Wollt ihr uns umbringen?«
Zhilong zupfte Max am Arm. »Schaut mal. Da.« Er zeigte auf einen kleinen Tisch. Dort lag ein Papierflieger. Auf einer Tafel daneben stand unter einer Art Rechenaufgabe folgender Text:

»Der Schneider von Ulm wollte fliegen, doch er flog nicht hoch genug. Seht zu, dass ihr's besser macht. Bringt die Gleichung in die richtige Reihenfolge. Dann zählt die Stufen und unterbrecht die Lichtschranke.«

Max spähte hinüber. Tatsächlich hing neben dem Klappsteg ein schmaler gelber Kasten. Drei Meter daneben befand sich ein zweiter. Das musste die Lichtschranke sein.

Am hinteren Rand der Plattform führte eine Sprossenleiter an der Wand hinauf zu einem Ausguck. »Ich glaube, wir sollen den Flieger in die Lichtschranke werfen und die Rechenlösung sagt uns die Wurfhöhe.«

VON WELCHER STUFE MÜSSEN SIE DEN PAPIERFLIEGER WERFEN?

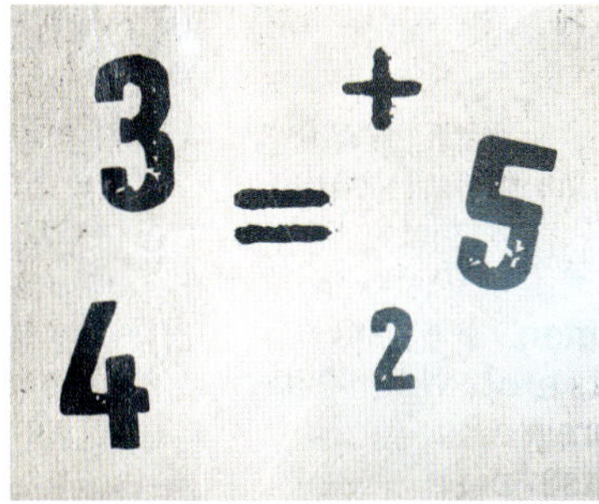

A 12 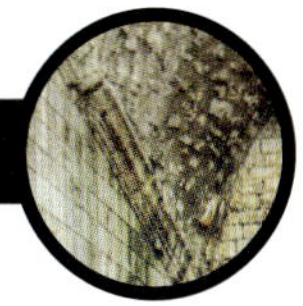

B 9 

C 7 

ZEICHEN AN DER WAND

Im zitternden Schein eines Streichholzes tasteten sich die Mitglieder der Reisegruppe gebückt und im Gänsemarsch durch den engen Tunnel. Das Geräusch ihrer Atemzüge hallte überlaut von den gemauerten Steinwänden wider. Max führte die Gruppe an, gefolgt von Zhilong, der, in der Hoffnung, seinen anderen Schuh wiederzufinden, sehnsüchtig in die Ecken spähte. Ihm folgten Alex, Raimund und Doris.

Das erste Bilderrätsel hatte der Versicherungsmakler gelöst. Zwischen den Quadraten befanden sich tatsächlich Kreise in den Ecken. Und zwar sechzehn Stück.

11

Nach ein paar Metern gähnte rechts von ihnen ein weiterer Tunnel. Ein kalter Lufthauch fuhr ihnen entgegen. Dort war Zhilong abgebogen. Der Chinese hielt sich eng an der Mauer. »Den zweiten Schuh bekommst du nicht«, zischte er hinüber. Sie marschierten geradeaus weiter.
»Dreizehn, vierzehn …«, zählte Max.
»Wie wissen wir denn, wie lang die Schritte genau sein müssen? Gibt's da eine schwäbische Durchschnittsgröße?«, fragte Raimund ängstlich von hinten.
»So genau werden die's schon nicht gemacht haben«, beruhigte ihn Doris.
»Das weiß man nicht. Die sind übergeschnappt …«, murmelte Alex düster.

Seine Sorge war unbegründet. Nach sechzehn Schritten mündete der Tunnel in einen kleinen Vorraum. Von dort gingen drei weitere Tunnel ab. Der linke wirkte am stabilsten. Vor dem mittleren hing herabgerissenes Absperrband, der rechte sah aus, als könne er jeden Moment einstürzen.

»Sollen wir wirklich?«, fragte Alex zweifelnd.
»Der Mann hatte definitiv einen Bart«, sagte Max und begutachtete die Tunneldecke.

Nachdem keine Schrittangabe vorgegeben war, folgten sie dem Tunnel immer weiter. Langsam, aber stetig senkte sich die Decke ab und zwang sie, auf Händen und Knien zu rutschen.

»Wehe, wenn das mit dem Bart ein Irrtum war«, ächzte Alex.
»Ich hab den Bart auch gesehen«, sagte Raimund.
»Was Sie nicht alles sehen …«, gab Alex zurück.
»Was wollen Sie damit sagen?«
Max stoppte. »Hat noch jemand Streichhölzer?«

Es wurde dunkel, Klaustrophobie packte die Gruppe an der Kehle. Zhilong fand noch eine halb volle Schachtel und reichte sie nach vorn. In diesem Moment erklang ein hohles, knackendes Geräusch. Dumpfe Stimmen hallten durch den Tunnel.

»… von dene isch es oiner! Der Schwoba'hasser. Der

Lumpa'seggl, der liederliche!« »Sag mol, hasch du s' Mikro offe, du Hamballe?«

Es knackte noch einmal, dann war es wieder still. Max entzündete ein Streichholz, und sein Schein enthüllte vier bleiche, erdverschmierte Gesichter.

Raimund stand Schweiß auf der Stirn. »Heißt das, dieser Kriminelle ist einer von uns?«
Doris legte ihm beruhigend eine Hand auf die Schulter. »Wissen wir nicht. Vielleicht ist das Teil dieses Psychospiels. Krabbeln Sie weiter. Wir müssen hier raus.«

Kurz darauf endete der Tunnel abrupt in einer halbkreisförmigen, etwa 20 Quadratmeter großen Kammer. Vor ihnen schälte sich eine milchfarbene Glastür aus dem Dunkeln.

Wie sich nach diversen Aufbruchsversuchen herausstellte, bestand sie aus Panzerglas. Der Schlüssel war so platziert, dass sie ihn sogar sehen konnten. Er klebte auf Höhe der rechten Türecke. Nur leider auf der falschen Seite.

»Die wollen uns wohl veräppeln«, entrüstete sich Raimund.

»Schaut mal da an der Wand.« Zhilong beleuchtete mit seinem Streichholz eine Reihe merkwürdiger Buchstaben.

WO MÜSSEN SIE LAUT DER SCHRIFT SUCHEN?

A IN DER RECHTEN WANDECKE

B RECHTS OBEN AN DER DECKE

C AN DER LINKEN WAND

DAS ZIMMER DER BÄREN

Es waren die Maultaschen. Doris hatte das Glasrätsel gelöst. Nur bei Glas Nummer drei konnte der Wein fließen. Zudem glaubte sich die Reiseleiterin zu erinnern, dass Mönche früher etwas in Maultaschen versteckt hatten. In einer der Teigtaschen ertastete Max eine schmale Plastikhülse. Darin – ein zusammengerollter Zettel. Darauf stand:

»Schwabens stolzer Löwe weist den Weg.«

Raimund deutete hektisch zum Wandteppich. »Sind vielleicht diese Löwen gemeint?«

Mit einem Ruck riss Alex den Teppich herunter. Dahinter befand sich eine Tür mit einem runden Glasfenster, die sich mittels eines ins Türblatt versenkten Griffs öffnen ließ. Hustend taumelten die fünf hindurch. Max drückte die Tür hinter ihnen zu und sperrte den Rauch aus. Drinnen war es dunkel. Irgendwo rauschte eine Klimaanlage.

»Iiiihhh ... da ist was. Mit Haaren!« Zhilong stieß einen spitzen Schrei aus. Es knallte und schepperte.

Max tastete mit der Hand an der Wand entlang, bis er einen Lichtschalter fand. Eine Deckenleuchte ging an: Zhilong schlug auf ein eineinhalb Meter großes Plüschtier ein. »Gratuliere. Sie haben den Teddy erledigt«, sagte Alex sarkastisch.

In dem vielleicht 25 Quadratmeter großen Raum befanden sich an die hundert Plüschbären. Sie saßen und standen dicht gedrängt in den Fächern eines Wandregals und besetzten einen verblichenen Ohrensessel. Teddys mit Pullover, Teddys mit Fliege, Teddys mit Glasaugen, winkende Teddys. An der Sessellehne lehnte vor zwei Teddys eine mit Kreide beschriebene Tafel:

»Es gibt nur einen einzigen wahren Teddy. Und den haben die Schwaben erfunden. Der muss zu diesen beiden passen. Findet ihn, und er wird euch weiterhelfen.«

An der Decke hing eine weitere handelsübliche Überwachungskamera. Alex baute sich davor auf. »Ihr habt sie doch nicht alle!« Das Kameraauge starrte unbeeindruckt zurück.
Max musterte die beiden sitzenden Teddys. Einer trug eine rote Schärpe, der andere hatte eine weiße Haube auf. Beide trugen einen Button mit einer Nummer. Dazwischen war ein Platz frei, als gehöre dort noch ein Teddy hin.
»Ich frag mich, was die mit dem einzig wahren Teddy meinen ...«, rätselte Raimund und zupfte an einem Weihnachtsteddy mit Bommelmütze.
Doris grübelte. »Die Schwaben haben tatsächlich den Teddy erfunden. Das war die Familie Steiff.«
Alex musterte die Reiseleiterin misstrauisch. »Was sind Sie? Wikipedia auf zwei Beinen?«
»Lesen bildet. Sollten Sie auch mal versuchen.«
Raimund schnippte begeistert mit den dicken Fingern. »Ich erinnere mich. Ich hatte auch so einen. Der hatte so ein Ding am Ohr ...«

»Ein Knopf. Das war ihr Markenzeichen«, sinnierte Doris. Max sah sich die bunten Teddybärengruppen an. »Das könnte es sein! Wir sollen den Original-Teddy finden. Irgendwo hier muss einer sein mit einem Knopf im Ohr.«

Sie fanden nicht nur einen, sondern drei.

»Und was jetzt?« Mit vom Nebel blutunterlaufenen Augen starrte Alex die Kuschelbären an. Ihr Fellbezug war abgewetzt. Arme und Beine ließen sich bewegen, ansonsten war nichts Besonderes an ihnen.

»Wir müssen sie aufschlitzen«, sagte Alex mit einem irren Funkeln in den Augen.

Raimund drückte an einem der Teddys herum. »Fühlt sich nicht so an, als ob da was drin ist.«

»Seht mal, die haben auch alle Nummern!«, sagte Doris.

Der erste Teddy trug die Nummer 06, der zweite 86 und der dritte die 66.

»Warum nehmen wir nicht alle mit?«, fragte Raimund. »Bei diesem Ätznebel kommen wir nicht mal bis zur Treppe. Ich wette, er geht weg, wenn wir das Rätsel lösen«, sagte Max mit Blick auf die Überwachungskamera. »Wir müssen nur rauskriegen, welche Tedyynummer zu den anderen beiden passt.«

WELCHE NUMMER HAT DER FEHLENDE BÄR?

A 06 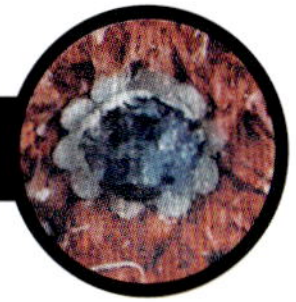

B 86 

C 66 

Der Tunnel

Kaum war die Münze in den Schlitz gerutscht, erklang ein knirschendes Mahlen, und ein verborgener Mechanismus zog einen Teil der Rückwand nach oben, sodass eine etwa halbmetergroße Lücke entstand.

Raimunds Augen leuchteten. »Das ist ja wie bei Indiana Jones.« »Na, Hauptsache einer freut sich hier ...«, sagte Alex und spähte in die Öffnung.

Sie hatten sich für die Münze mit dem »R« entschieden. Das Ganze war kein Zahlenrätsel, sondern meinte eine Gangschaltung. Raimund war drauf gekommen. Schon wieder.

Hinter der Wand führte ein wurmartiger, hüfthoher Gang in die Dunkelheit.
»Also ich geh da nicht rein! Das ist ja viel zu eng. Und zu schmutzig.« Entrüstet stemmte Doris die Hände in die Hüften. Alex grinste. »Ich fürchte, das werden Sie müssen, Teuerste. Außer Sie wollen hier unten versauern.« Er warf einen abschätzigen Blick auf ihr Kleid. »Zumindest was Ihre Garderobe angeht, müssen Sie sich keine Sorgen machen. Da kann nicht viel kaputtgehen.«
»Das ist ja eine Unverschämtheit, Sie bornierter ...«
»Ich schau mich mal um.«, sagte Zhilong und schlüpfte wie ein Wiesel durch den Spalt. Seine weißen Sneakers blitzten noch einmal im Dunkeln, dann war er weg.

Kurz darauf erscholl von jenseits der Mauer ein schriller Schrei, der abrupt abriss. Doris fuhr erschrocken zusammen und sah ängstlich zu den anderen. Max zuckte ratlos mit den Schultern. Eine Minute später tauchte Zhilongs Kopf wieder im Wandspalt auf. Er blutete aus einer Schramme an der Stirn. »Der Tunnel ist gefährlich. Abzweigungen. Löcher im Boden. Ich hab' einen Schuh verloren.«

Doris tupfte ihm mit einem Taschentuch den Kopf ab. Die Wunde war Gott sei Dank nicht tief.

Zhilong war etwa vier Meter in den Tunnel geklettert, bevor sich dieser gabelte. Er war dem rechten Gang gefolgt. Dabei wäre er fast in ein Loch im Boden gefallen und von einem herabsausenden Holzbalken geköpft worden.

»So genau hätten sie Indiana Jones nicht kopieren müssen ...«, murmelte Raimund in seinen Bart. Alex warf Max einen bedeutsamen Blick zu.
»Aber, ich habe etwas gefunden«, sagte Zhilong stolz und zog einen kleinen Korb durch den Spalt. Er enthielt etwa ein Dutzend Streichholzschachteln. Dazu einen Zettel. Darauf stand:

»Wer hat's erfunden? Natürlich wir Schwaben. Jakob Friedrich Kammerer aus Ehningen war's. Wer weiß, vielleicht geht euch ja damit auch ein Licht auf?«

Max ergriff eine der Streichholzschachteln und schob sich vorsichtig durch den Türspalt. »Hilft nichts: Das ist der einzige Weg.«

Hinter sich konnte er hören, wie die anderen folgten. Der Raum, von dem der Tunnel abging, war größer als gedacht. Er riss eines der Zündhölzer an und verstand, wieso Zhilong beinahe das Opfer des Tunnels geworden wäre. Er hatte die Bedienungsanleitung nicht gelesen.

An der Wand hingen zwei Bilder. Alex kroch mit ebenfalls entflammtem Streichholz neben ihn. »Soll das eine Karte sein?« »Eher ein Rätselwegweiser.« Das erste Bild zeigte eine Art Muster aus Vierecken. Darüber standen zwei Sätze.

»Erscht lese dann laufe! Gehe für jeden Kreis einen Schritt geradeaus.«

Das nächste Bild bestand auf den ersten Blick nur aus schwarzen Flecken. Darunter stand:

»Biege rechts ab, wenn du einen Bart siehst. Ansonsten halt dich links.«

»Was für Kreise? Was für ein Bart? Ich seh nix …?«

Verständnislos starrte Alex die Bilder an, während die Streichholzflamme weiter herunterbrannte. »Autsch!«

Das Licht ging aus.

»Ich fürchte, wir müssen uns unsere Streichhölzer gut einteilen …«, seufzte Max.

WIE MUSS DIE GRUPPE LAUFEN, UM HEIL DURCH DEN TUNNEL ZU KOMMEN?

A 16 SCHRITTE GERADEAUS, DANN RECHTS ABBIEGEN

B 6 SCHRITTE GERADEAUS, DANN RECHTS ABBIEGEN

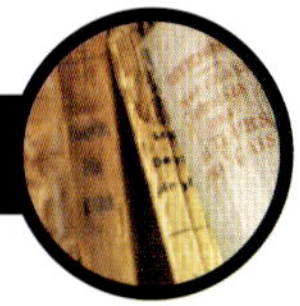

C 4 SCHRITTE GERADEAUS, DANN LINKS ABBIEGEN

EISENBAHNFALLE

Raimund schaffte es, gezogen von Zhilong, in letzter Sekunde seine Leibesmassen durch die Tür zu quetschen, bevor die Wand knirschend dagegen krachte. Eigentlich war es ganz logisch gewesen. Die Lösung war 314. Man musste nur ganz genau hinsehen und Rechenregeln wie Punkt vor Strich beachten.

Schwer atmend blieben die Mitglieder der Reisegruppe auf der anderen Seite stehen. Dunkelheit umhüllte sie.

»Der Wichser wollte uns tatsächlich umbringen«, sagte Alex ungläubig.
»Aber wer ist er? Und wieso macht er das?«, fragte Doris.
»Keine Ahnung, ist doch IHRE Veranstaltung, Frau Reiseleiterin«, entgegnete Alex spitz. »Wer auch immer das war, das wird er so was von bereuen ...« Glockenhelle, fröhliche Kinderstimmen schnitten ihm das Wort ab.

»Auf der schwäbsche Eisebahne
wollt amal a Bäurle fahre'
geht an Schalter, lupft de Hut:
›Oi Billettle, seid so gut!‹«

Als der aufgezeichnete Gesang abrupt endete, ging das Licht an. Raimund klappte die Kinnlade nach unten. Vor ihnen lag der Traum eines jeden Modelleisenbahn-Nerds. Malerische kleine Bauernhöfe, grüne Hügel und mit Schneewatte bedeckte Berge wölbten sich zwischen kleinen Häusern und einem Bahnhof von einer Wand zur anderen. Dazwischen schlängelte sich leise brummend eine schwarze Lok entlang, die mehrere Güterwagen hinter sich herzog. Der Ausgang lag auf der gegenüberliegenden Seite des Raums, hinter dem Eisenbahnaufbau.

Max kniff die Augen zusammen. Über einem Miniaturbahnhof ungefähr in der Mitte der Installation befand sich ein merkwürdiger Aufbau mit drei Flaschen. Direkt vor ihnen stand ein grauer Kasten mit einem Schieberegler. Ein feines Summen lag in der Luft.

»Die weltbeste Kindereisenbahn aus Schwaben«, las Doris von einem Metallschild. Ratlos schüttelte sie den Kopf.

Max hatte früher nur eine Holzeisenbahn besessen. Eisenbahn-Nerds kannte er auch keine. Bis jetzt.
Raimund tapste verzückt auf die Eisenbahn zu. »Märklin. Spur 1, Analogsteuerung, Baureihe E44 ...«

Dann sah Max die Drähte. Sie zerteilten den Bereich um die Eisenbahn und spannten sich von einer Wand zur anderen. »Stop! Hier steht alles unter Strom!«

Schnell wie ein Gedanke stürzte Zhilong dem Dicken hinterher und riss ihn zurück. Dabei berührte er einen der feinen Drähtekam. Es blitzte und britzelte. Der Chinese zappelte wie ein Fisch an der Angel und ging zu Boden.

Kreidebleich beugte sich Raimund über den Chinesen. Der Chinese stöhnte. »Heiliger Buddha! Das war ein mächtiger Tritt in den Hintern.«
Raimund schnaufte erleichtert. »Vielen Dank, Herr Zhilong. Sie haben mir das Leben gerettet.«

Die Untersuchung des Raums ergab folgendes: Die Drähte machten eine Durchquerung unmöglich. Im Bereich des Bahnhofs gabelte sich die Eisenbahnstrecke in drei Gleise. Jedes Gleis führte zu einem schwenkbar montierten Trichter, in dem eine Flüssigkeit schwappte. Welche, war unschwer an den Flaschen auszumachen, die darüber hingen.

Alex spähte angespannt zwischen den Drähten hindurch. »Also, wenn ich das richtig sehe, sind das ein Whiskey namens ›Black Wood‹, ein ›Bio-Meereswasser‹ und ein Absinth.« Er pfiff durch die Zähne. »Der Absinth hat's in sich. 86 Prozent!«
Raimund meldete sich aufgeregt. »Unten an den Trichtern sind Hebel. Fährt die Eisenbahn durch, trifft sie den Hebel, der Trichter kippt um, und die Flüssigkeit kommt aufs Gleis.«

Max musterte den grauen Kasten. Darüber stand: *Reihenschaltung*.

»Natürlich! Wir sollen einen Kurzschluss erzeugen.«

ÜBER WELCHES GLEIS MUSS DER ZUG FAHREN, UM DEN STROM ZU UNTERBRECHEN?

A BLACK WOOD WHISKEY 

B MEERESWASSER 

C ABSINTH 

BUCHHÄNDLERS STERNWARTE

Buchstäblich mit dem letzten Streichholz war es der Gruppe gelungen, die Schrift zu entziffern. Geholfen hatte der kleine Schminkspiegel von Doris. Die Schrift war nicht nur spiegelverkehrt, sondern die Worte waren auch noch in Form einer Schlange aneinandergereiht, die ganz rechts unten begann.

»IN WANDECKE RECHTS«, hatte Doris mit zusammengekniffenen Augen entziffert. Dort fanden sie, verborgen unter rötlichbraunem Staub, eine Klappe, die sich nach innen öffnen ließ. Sie führte in einen engen Kellerraum mit einer schmalen Steintreppe. Auf den Stufen hatte jemand einen Kerzenhalter und ein Feuerzeug platziert. Im gelben Licht der Kerze erwartete sie eine unverschlossene Stahltür.

Und ab dann wurde es noch merkwürdiger. Dahinter lag eine Wendeltreppe, die sich in die Dunkelheit schraubte. Bestimmt zwei Stockwerke hoch, schätzte Max, der voranging. Irgendwo von ganz oben kam Licht. Es roch muffig nach altem Papier. Vorsichtig stiegen sie eine Stufe nach der anderen in die Höhe. Der Schein der Kerze beleuchtete Unmengen von Büchern, die sich in Hochregalen neben der Treppe türmten.

»Wo zum Teufel sind wir hier?«, fragte Alex.
Max musterte die Wölbung der Wände. »Ich würde sagen, wir sind in einem Turm …«
»Wieso denn zum Teufel in einem Turm? Was sollen wir denn hier?«
»Ich fürchte, das werden wir bald rauskriegen …«

Einige Bücher waren herausgefallen und lagen achtlos auf den Stufen.

»*Schwäbische Legenden und Mythen. Band I-V* «, las Raimund vom Buchrücken ab.

»Sieht aus, als ob hier ein durchgeknallter Buchhändler lebt«, mutmaßte Alex.
»Ja, einer, der nicht auf seine Bücher achtet!« Kopfschüttelnd hob Doris ein zerfleddertes Exemplar eines Schwabenkrimis auf. »Wie kann man nur so mit diesen Schätzen umgehen? Wer immer hier wohnt, weiß den Wert guter Literatur offensichtlich nicht zu schätzen.«
Max warf einen Blick auf den Titel. »*Totengräberspätzle*?! Na, ich weiß nicht. Klingt ziemlich … reißerisch.«
Alex zuckte die Schultern. »Wen juckt's? Zumindest muss man nicht mehr in den Buchladen, seitdem die Schwaben diesen geilen Buchservice erfunden haben. Dieses UBER für Bücher. Wie heißt das noch? Wo man das Zeug fast umsonst nach Hause geliefert kriegt.«
»Sie meinen ›Biachle-Borger‹?«, schaltete sich Raimund ein. »Das kenn ich, da hab ich auch schon mal bestellt.

Superpraktisch.«
»Und der Tod jedes normalen Buchhändlers«, sagte Doris düster.

Am Ender der Treppe führte eine eine schmale Holzstiege bis unters Dach. Dort erhellte eine Glühbirne ein kurioses Szenario. Mitten im Raum stand ein etwa eineinhalb Meter langes, drehbares Teleskop, dessen Spitze zum vergitterten Dachfenster hinauszeigte. Max Blick fiel auf das Stativrad. Es wies feine Gradzahlen auf, drei davon waren markiert. Dann ging das Licht aus. Irgendwo im Dunkeln summte ein versteckter Projektor und stanzte Schriftzeichen an die Wand.

»Der Schwabe Johannes Kepler hat den Kosmos neu vermessen. Ihr müsst das schwäbische Universum ausloten. Sucht in der Ferne nach schwäbischen Sagen. Folgt dabei den Zahlen. Wissen wird euch die Tür öffnen. Kleiner Tipp: EIS BEN!«
»Meinen die Ben und Jerry's?« Ratlos kratzte sich Raimund am Bart.

Max drehte drehte das Fernrohr langsam in die markierten Positionen. Jede offenbarte ihm einen anderen Bildausschnitt.

HINTER WELCHEM BILD VERBIRGT SICH EINE SCHWÄBISCHE SAGE?

A BILD A 

B BILD B 

C BILD C 

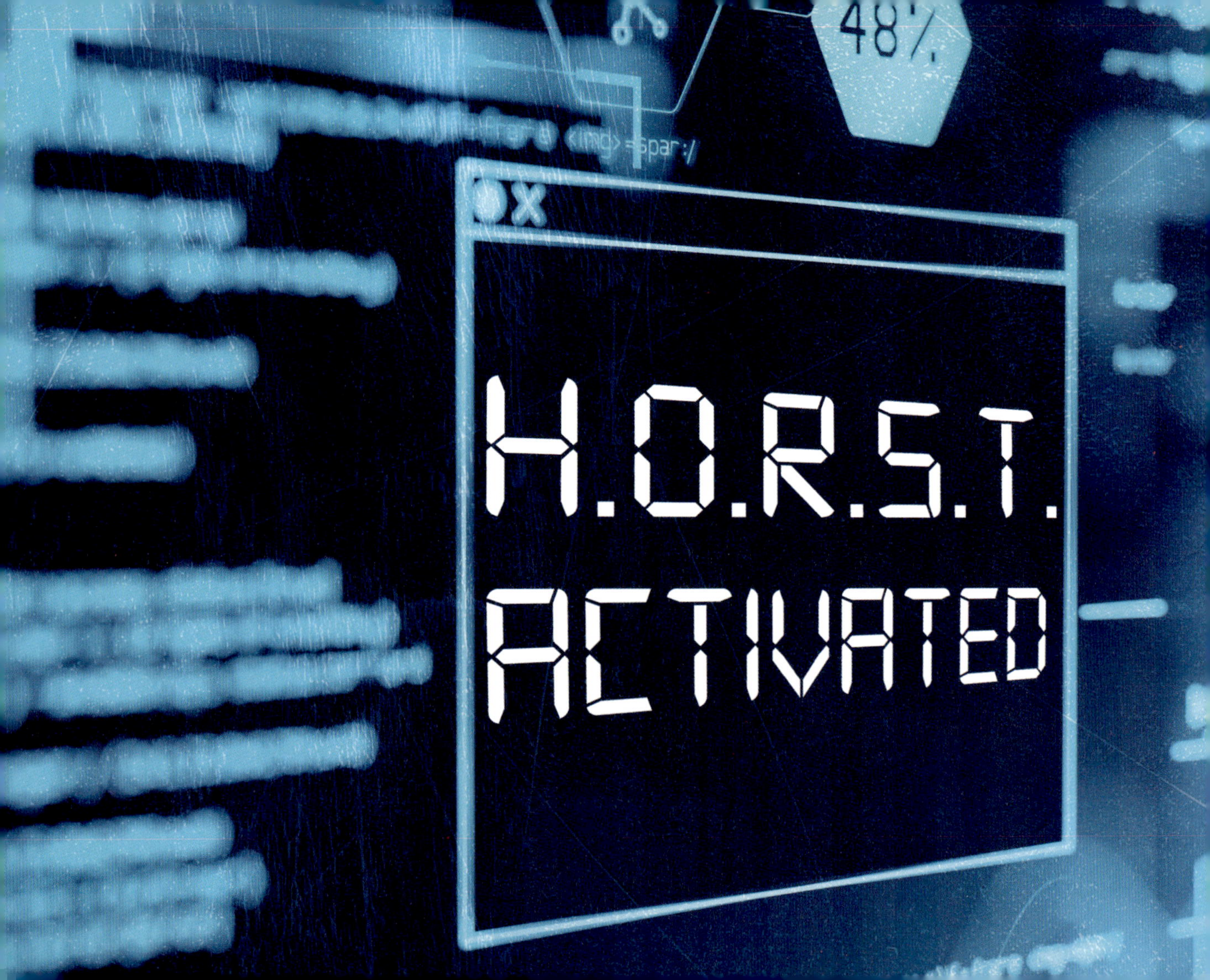
48%
H.O.R.S.T.
ACTIVATED

ENDE

Mit letzter Kraft schaffte Max es, das Geweih einzusetzen. Das dumpfe Pumpgeräusch verstummte. Das Muster am Beckenrand war ein Code bei dem die Buchstaben des ABC in Kästchen angeordnet waren. Ordnete man die Kästchenumrisse richtig zu ergab sich das Wort »GEWEIH«.

Als Max wieder nach oben wollte, verfing sich seine Hose in der Skulptur. Er zerrte und zappelte panisch, aber der Hirsch wollte ihn nicht freigeben. Ihm ging die Luft aus. Farbige Kreise tanzten vor seinen Augen. Die Hose riss, und mit letzter Kraft schwamm er nach oben. Dann wurde ihm schwarz vor Augen.

Als er aufwachte, schien ihm die Morgensonne ins Gesicht. Er trug einen rosa Bademantel und lag auf einer Bahre. Er sah mehrere Krankenwagen und zwei Polizeiautos, die auf einer Wiese neben einem Wasserturm parkten. Ein sehr dicker Polizist marschierte auf ihn zu. In der einen Hand hielt er ein Glas Zitronensprudel, in der anderen eine Fleischkäse-Semmel. Max lehnte beides verwirrt ab. »Wo ... wo bin ich?«
»Am scheenste Platz der schwäbische Welt. Nadierlich in Muggenpfuhl.«
»Was ist passiert?«
Der schwäbische Polizist, der sich als Berthold Schmälzle vorstellte, erzählte es ihm.

Nachdem der Schwabenhasser den Muggenpfuhler Bürgermeister entführt hatte, aktivierten die Beamten eine Art Analyseprogramm namens H.O.R.S.T. Das Kürzel stand für »Home Oberservation Research and Systematic Targetting«. Das Programm ermittelte aus Tatortdetails ein psychologisches Profil des Schwabenhassers und lokalisierte ihn unter den Fortbildungsteilnehmern. Allerdings: Welcher Teilnehmer es war, sagte es nicht.

»Der HORST hat's net so mit den Einzelheiten. Das übernemmet dann mir«, erklärte Schmälzle fröhlich kauend.

Die Polizisten heckten einen spektakulären Plan aus, in den die halbe Stadt involviert war. Ein Rätsellabyrinth, dessen Fallen den Schwabenhasser enttarnen sollten.

»Da war's nadierlich prima, dass bei uns grad ein Bewässerungssystem aus der Römerzeit entdeckt worden ist.«
Max war sprachlos. »Prima?! Das war lebensgefährlich! Motorsägen, Säurenebel ...«
Der dicke Polizist winkte ab. »Zitronensaft und stumpfe Sägen. Da wär nix passiert.«
»Aber wozu der ganze Aufwand?«
»Der Täter durfte nicht wissen, dass wir ihm auf der Spur sind. Der Bürgermeister sitzt mit einer Ladung C4 und einem Fernzünder auf einem Jägersitz. Wenn der Schwabenhasser rausgekriegt hätte, wie dicht wir ihm auf der Spur sind, hätt's BUMM gemacht. Wir haben ein paar Fallen eingebaut, die ihn verraten sollten.«

Max nickte. »Der ganze Schwabenkram, die Spiegel, der Nebel ... Aber Doris ...der Schwabenhasser ist doch entkommen.«
»Nicht weit.« Schmälzle zeigte zum Polizeifahrzeug. Dort legte ein schlaksiger Polizist ihrer Reiseleiterin gerade Handschellen an. Die anderen Mitglieder, bis auf Doris ebenfalls in rosa Bademänteln, standen daneben. Das Telefon des Polizisten klingelte. Max erhob sich wacklig und nahm das Glas Zitronensprudel mit.
»Sie haben das Recht, Ihre Aussage zu verweigern. Alles, was Sie ...«
»Doris, wo ist der Bürgermeister?«, fragte Max.
»Heidabimbam! Ganget Sie weg! Sie behindern a polizeiliche Ermittlung«, herrschte ihn der schlaksige Polizist an. In diesem Moment kam der andere herbeigeeilt, kreidebleich im Gesicht, das Handy in der Hand.
»Schmähle, das glaubst du net! Grad hat der Schwabenhasser angerufen. Wenn das Geld nicht in einer halben Stund da ist, sprengt er den Bürgermeister.« Er zeigte auf Doris. »Das heißt, die da kann's nicht sein.«
»Das würd erklären, warum das mit den Zitronen nicht funktioniert hat«, fügte sein Kollege düster hinzu.

Doris schenkte ihm einen Augenaufschlag. »Sag ich doch, Herr Wachtmeister. Die letzten Stunden ... Ich kann mich an nichts mehr erinnern. Wären Sie dann so nett ...« Sie streckte ihm ihre gefesselten Hände hin. Lautes Hupen ertönte, und ein Reisebus fuhr auf die Wiese. »Sehen Sie? Unser Bus ist auch schon da.«

Zischend öffneten sich die Türen, und Ronny, der Busfahrer, stieg aus. Verwirrt grinsend kam er auf die Gruppe zu. Max fiel etwas ein. Etwas, was er ganz am Anfang gehört hatte. »Wer weiß davon, dass der Bürgermeister im Wald gefangen gehalten wird?«, flüsterte er dem dicken Polizisten zu.
»Ha, niemand. Das ist alles streng geheim.«

Max nahm das Sprudelglas und ging dem Busfahrer entgegen. Auf dem Weg stolperte er und verschüttete etwas von dem Zitronensprudel auf Ronny. Der jaulte markerschütternd und riss sich sein T-Shirt vom Leib. Dort, wo ihn der Zitronensprudel getroffen hatte, färbte sich seine Haut krebsrot. Die anderen sahen entgeistert zu.

»99 Prozent Zitronenallergie? Da haben Sie ihre Schwabenhasser. Das waren immer zwei! Stimmt's, Doris?«

»Fahren Sie zur Hölle«, zischte sie.

»Ihr Komplize hat sich am Anfang verraten, als er uns erzählte, dass der Bürgermeister im Wald gefangen gehalten wird. Zu der Zeit konnte das nur einer wissen: der Schwabenhasser.«

ZUM SCHPICKE

1 DAS KNOPFPROBLEM

Morsealphabet – wurde 1837 von Samuel Morse erfunden. Der war KEIN Schwabe, hätte aber, so clever wie er war, durchaus einer sein können. Im Morsealphabet steht ein Strich für ein langes Leuchten und ein Punkt für ein kurzes Lichtsignal.

2 SCHWABENS LIEBLING

Die Verschlüsselungsmaschine ENIGMA hat Buchstaben im Alphabet verschoben. Ohne zu wissen, um wieviel verschoben wurde, konnte man ihre Worte nicht entschlüsseln. Du hast Glück. Bei dir steht das dabei.

3 EINSTEINS RACHE

Der weltberühmter Physiker Albert Einstein wurde 1879 in Ulm geboren. Und eines konnte der Schwabe: Rechnen. Wenn du nicht auf die Lösung kommst, liegt das nicht an deinen Rechenkünsten. Allerdings solltest du dir die Einsteinbilder noch mal genau anschauen und prüfen, ob du auch alle Rechenzeichen richtig anwendest.

4 EISENBAHNFALLE

Welche Flüssigkeit leitet wohl Strom? Wer sich nicht sicher ist, kann überlegen, ob sich bestimmte Flüssigkeiten ähnlich sind.

5 DAS DÜBELPROBLEM

Man kann die gesuchten Zahlen einfach abzählen. Dazu muss man sich nur die Position der Winkel ansehen.

6 ISS DICH SCHLAU

Wer wissen will, wohin der Wein fließt muss sich genau ansehen, wohin er überhaupt fließen kann.

7 DAS ZIMMER DER BÄREN

Manche Zahlen versteht man erst, wenn man sich auf den Kopf stellt.

8 SÄUREREGEN

Wenn man die Dachteile umdreht, ist man schon ein ganzes Stück weiter.

9 VERTRACKTE ZAHLEN

Manchmal geht es nicht ums Rechnen, sondern ums Schalten.

10 DER TUNNEL

Optische Täuschungen erkennt man oft durch schnelles Blinzeln oder durch einen größeren Abstand. Männer haben einen Bart ... Kannst du einen Mann erkennen?

11 ZEICHEN AN DER WAND

Folge der Wortschlange. Am besten mit einem Spiegel.

12 BUCHHÄNDLERS STERNWARTE

Ein Schwabe ist gut. Zwei sind besser. Aber: Sieben sind am besten.

13 BOHRMASCHINENFARBEN

Die additive Farbmischung ist ein Funktionsprinzip der visuellen Wahrnehmung. Dreht sich ein Farbkreisel, addieren sich im Auge die Farben und ergeben andere. Bei Rot, Grün und Blau entsteht zum Beispiel der Eindruck von Weiß.

14 DAS ÄFFLE-PARADIGMA

Manchmal sieht man Dinge am besten, wenn man weiter weg davon ist.

15 SÄGEN

Markiere mit einem Pfeil die Drehrichtung jedes Zahnrads und verfolge, in welche Richtung es sich dreht.

16 SCHÄDEL IM GLAS

Die Bilder stehen für bestimmte Worte. Die Zahlen beziehen sich auf deren Buchstaben.

17 DER SCHNEIDER VON ULM

Denk dran: Es gibt Zahlen, die kleiner sind als andere und meist über den normalen Zahlen stehen. Mathematiker stellen damit sehr große Beträge mit wenigen Ziffern dar.

18 SCHWÄBISCHER TAUCHGANG

Diesen Code knackst du nur, wenn du auf den Doppelseiten vorheriger Rätsel nachsiehst.

BIACHLE-BORGER

Ein fiktives Mietbuch-Unternehmen. Was aber keinesfalls heißt, dass ein Schwabe so etwas nicht jederzeit erfinden könnte.

STILLSCHWINGER

Das gibt's. Die heißen nur anders. Siemens entwickelt gerade Windturbinenflügel mit Eulenschwingen, die Windkraftanlagen superleise machen. Eine geniale Idee, die ohne weiteres aus Muggenpfuhl hätte stammen können.

IMPRESSUM

Bibliografische Information der Deutschen Nationalbibliothek
Die Deutsche Nationalbibliothek verzeichnet diese Publikation in der Deutschen Nationalbibliografie; detaillierte bibliografische Daten sind im Internet über http://dnb.d-nb.de abrufbar.

Gestaltung: Sebastian Reeh, Nina Schäfer
Abbildungen: Pixabay; © Istockphoto/Jules_Kitano, milosluz, kyoshino, releon8211, zingraphic, EnolaBrain, mofles, chrisbrignell, Wylius, luckyraccoon ,fergregory, itchphoto, margroup, junce, Tirachard, Xurzon, Giulio Fornasarxx, Allexxandar, allanswart, Ilmar Idiyatullin, AlexandrBognat, Lilkin, solarseven, djmilic, rep0rter; Wikimedia Commons: Die sieben Schwaben: W. Striowsky, A. v. Wille (gemeinfrei), Hänsel und Gretel: Alexander Zick (gemeinfrei), Hans im Glück: Boonekamp (gemeinfrei)

Druck und Bindung: Livonia Print, Lettland
Printed in the EU

ISBN 978-3-7408-1014-6

BEKANNTES AUS MUGGENPFUHL

Das Universum von Muggenpfuhl enstammt den Büchern von Harald J. Marburger.
Einige Dinge daraus spielen auch in diesem Escape-Room-Krimi eine Rolle.

Totengräberspätzle
ISBN 978-3-7408-0065-9

Heidabimbam!
ISBN 978-3-7408-0660-6